천장호수

천장호수

빗방울화석 시집 여덟 번째

빗방울
화석

시 앞에

금북정맥을 타고가다
우리는 무슨 생각을 하였던가
가다 만 길 주위에 불쑥 나타나던
작은 독립봉들과
거기 깃든 눈부신 영혼들

서운산의 바우덕이, 오서산의 정약용, 덕숭산
의 일엽 스님, 그리고 일엽 스님이 버린 일당 스
님의 행적을 찾아 황악산 바람재에 올랐다가 잠
시 최익현, 이순신, 성삼문, 유관순, 윤봉길, 김
좌진, 한용운 선생을 대간 줄기로 삼아 황홀하
게 덕유산을 바라보았던가

오, 얼굴을 후려치던 바람 소리, 바람 소리

2010년 5월
빗방울화석 시인들

차례

2부 움트는 구름

1부 백두대간에서

황악산 바람재에서

신대철

그토록 벗어나려 했지만
네 품에 그대로 안겨 있구나
바람이여
네가 지상에 뿌리 내리고
길을 내는 동안
나는 그 길로 나가
무슨 일을 하였는가
바람재 한번 넘지 못하고
눈물도 피도 모르는
시 몇 편 따라다녔을 뿐

아직도 눈에 눈멀어
눈 덮인 덕유산만 보인다

만물상 앞에서 외 2편

손필영

봄바람에 살랑이는 사월 소나무가 쭉쭉 뻗어 하늘을 가리면 미인송, 붉은 미인송들을 눈길로 쓰다듬으며 온정리 고개를 넘으면 만물상. 동해 물결 걸치고 외금강 꼭대기에서부터 내리꽂는 칼바람 앞에 진달래 봉오리가 휘청이며 망설인다. 발끝을 감는 그림자에 멈칫거리자 더욱 거세게 몰아대는 바람, 그 바람에 계단을 올라 만물상 앞으로 나아간다

토끼, 멧돼지, 촛대 같은 바위
멧돼지가 토끼를 잡으려 달려 나가고, 누군가를 위한 촛대
토끼처럼 귀만 세우고, 멧돼지처럼 날뛰다, 촛대 빛을 가로막는 나,
내 안에 살아왔던 군상들이 한꺼번에 뛰쳐나와 소리 지르고 앞지르려고 엉켜 서 있다

온갖 물상으로 살아온 내가

바람 막고 바람 피해 구면암 앞에 서 본다

가면을 벗어 봐도 인간은 보이지 않고 물건만 남
는다

물상이 서로를 기다린다

바람의 말

호식총(虎食塚)에서

멀리 흘러가는 구름 놓아두고
잘 들어 보시라
철쭉도 몸 낮춰 피는
당골에서 천제단으로 오르는 태백산 어디쯤인가는
산그늘 보다 진하게 습기 배어나오는
시루 엎고 돌을 쌓은 호식총이 있다고

호랑이에게 먹힌 사람은 자기 대신 갇힐 영혼을
찾아야
떠날 수 있다고, 돌무더기 휘돌며
바람이 말을 한다

배고파 산을 기웃거렸던 자들도
세도가 무서워 산으로 피해온 자들도
나무하러 올라온 자들도
모두들 범이 범할 수 없는 영혼이 되어 이곳을 떠
났다고

기계로 사람으로 혼을 뺏기고 왔는지
베어낸 나무처럼 뻣뻣한 덩어리로 높은 땅을 오
르고 있는
나는 가둘 영혼이 없어
그냥 이곳을 지나 칠 수 있다고
바람이 물기 머금고 말을 한다

잘 들어보시라,
박수 칠 일이 아니지
언제부터인지 목이 곧고
귀에 아집만 단 자여,
양손으로 움키기만 하는 자여,

저 멀리 흘러가는
구름처럼 놓아두고 흘러보시라

온정역을 지나며

아침밥 연기인지 집집 굴뚝에서 연기가 올라온다

똑같은 모양의 집들, 맥없이 늘어서 있다
자전거를 타고 지나가는 사람들
논둑 위로 깃발 앞세우고 줄지어 가는 사람들
붉은 보자기 두르고 종종 걸음으로 학교로 가는
아이들

춘원 이광수도 현진건도 온정역에 내려
금강산에 올랐으리라, 연기 올라오는 어떤 아침
을 보며

삶도 여행도 없이
온정역을 지나다 남쪽 버스에 놀라
낡고 바랜 보따리 논둑길에 던져두고
재빨리 몸 숨기는 여인을 보며
부끄러움을 처음 알았다

바람재

윤석영

봉 하나 꺾어들면 영동
봉 하나 돌아들면 김천
발길 옮길 때마다 뒤바뀌는 주소지
충북과 경북의 경계

어깨 부딪치며, 서로 부대끼며
경계 넘나들다보면
어느새 바람만 넘나드는 바람재에 닿는다

황악산 비로봉에서 넉넉한 덕유산까지 경계 없는
아름다움이 바람 속에서 푸르다, 바람에 온몸 내맡
기고 백두연봉에 푸르게 젖으면 바람재목장의 밥
짓는 연기가 마을과 산자락 사이에 걸린다

황악산 직지사 중암의 스무 해
예술가와 승려
세속과 탈속의 경계에서

일흔 즈음에 출가한 노스님

 생전에 어머니라 부르지도 못했던 어머니 일엽 스님, 어머니 소식을 묻혀온 봄바람에 아흔의 일당 스님 눈빛이 흔들린다, 시봉 스님이 묵묵히 곁에 머 문다

 낯선 주소지
 이는 바람과 머무는 바람 사이에
 아무런 경계가 없다

봄 숲

윤혜경

소백산 오르는 봄 길목
나뭇가지마다 흠뻑 오른 연둣빛 잎들이
싱그럽게 숲을 일으키고 있다

올라 온 능선 바라보며
여기저기서 방긋방긋 터지는
철쭉꽃 봉오리들

밤새 계곡을 오르던 바람도
오랜 계절 빈 가지로 흔들리던 주목도
오늘은 다 봄 숲이다

멀리, 국망봉 무리진 바위들
서로에게 기대어
아득히 세워놓은 기다림

그 봄 숲에 기대어

나도 오늘은
몇 겹의 봄을 건너간다

오세암으로 외 1편

이승규

1

깊은 밤

등은 끓는데 코는 시린
절간 방

문밖에 누가 스친다

몸이 곯아떨어지고
잡념이 말똥말똥

스슥, 스스슥

세상 피해서 누가?
세상에 속은 김시습
세상에 상처 받은 한용운 말고

적막한 절간에 누워
들들대는 가슴 쥐어뜯으려고
세상 밖에서 자기를 들여다보고
키득키득 헛웃음 삼키려고

방문을 연다
속이 훤한 설악산

2

첫눈

아득하다

눈발과 눈발
나무와 나무

사람과 사람 사이

옆에 있어도
멀리 돌아가서 말하고
멀리 돌아와서 끄덕이다
두절된다

산과 산 아래 사이
누가 드나들까

3

귀를 때리는 눈발

내년에나 눈이 녹을 거라고
늦기 전에 내려가라고
스님 한 분 백담사로 떠났다고

방한모 신고 등산화 쓰고
허둥지둥 암자를 나서지만

퍼붓다 쌓이다 솟구치는 눈
온통 길 온통 허공

눈 무게 못 이기고 쓰러진
아름드리나무 돌아들자
희미하게 반짝이는 발자국
수렴동 계곡으로 나 있다

발자국에 쌓이는 눈, 눈소리
들릴 듯 들리지 않는 낮은 음성
얼얼한 채 뜨거워지는
그 사람의 숨결 좇아 한 세상으로
앞선 발자국에 포개어보는

한 걸음
　　한 걸음
한 걸음

선녀들

금강산에서

빗길
머리를 내리누르는 구름

땀방울에 엉켜드는 빗방울은
계곡 물소리로도 씻기지 않고
출렁다리 출렁이며 건너자
구름이 먼저 올라와
폭포와 절벽을 지우고 있다

머리 위를 휘도는 길
길가에 주저앉아 망설일 때
안내원이 건네주는 미소가
열뜬 몸을 잔잔하게 가라앉힌다 서로가
서로에게 흘러들어 맑은 담(潭)이 되는 순간
꽃잎 같은 바위가 한 잎 또 한 잎
구름 위로 피어난다

자리 털고 일어나
밀어주고 당겨주며 철계단 오르자
느닷없이 발 아래로 감겨드는 상팔담*
노루와 두레박은 없고
수정 같은 물결이 철철 넘쳐흐른다

남한 사투리와 북한 사투리가
물소리로 섞여 내려오는 길
발걸음 한층 가벼워지고 하늘은 활짝 열려 있다
다시 꼭 만나자는 안내원의 뜨거운 인사
가슴으로 울려 받으며 목란관에 들어선다

들쭉술과 냉면 사이
말소리와 웃음소리 사이
등 뒤에 숨은 풋내기 접대원과
젊은 일행의 반짝이는 눈빛 사이
둥근 무지개가 선다

나무꾼 도끼자루 부러지고
하늘과 땅 사이
철조망과 철조망 사이
녹슨 침묵 가득하지만
마주치는 그네들의 흰 옷자락에
살며시 배어 있는 달과 별의 숨결

* '선녀와 나무꾼' 설화가 얽힌 곳.

지리산 단풍 외 1편

박성훈

그들은 이념에 쫓겨 숨어들었지
빨간 것은 사과
하지만, 빨간 것은
승냥이,
승냥이 이념은 빨간색
저 푸르른 지리산
골골에 숨어든 빨간색은
단풍보다 빨갛게 산을 물들였지

빨간색을 말할 수 없었던 시절
열 살이었던 한 친구는
통일 포스터에 '적화통일'
빨갛게 빨갛게 색칠하고는
교무실에서 된통 얻어맞았는데
'왜 맞았을까?'
'왜 맞았을까?'
아무리 생각해도 까닭을 알 수 없어

빨간 엉덩이 어루만지며
눈이 빨갛게 되도록 울었지

너는 그 까닭을 아니?
아름답지 않은 지리산아
정말 아름답지 않은 지리산 단풍아

꿈

동생 나무

벌목꾼들이 몰려들었다
굵은 놈부터 하나씩 쓰러지는 소나무
앙칼진 전기 톱날 소리가
백봉령을 울린다

놀라 벌떡 일어나니
꿈,
백봉령 소나무 아래 잠든 동생이 알렸을까?
가슴이 벌렁거린다
마음 살갗이 벗겨진 듯 아프다

(미안해,
왜 그때 널 그냥 보냈을까
하룻밤 재워 보낼 걸
따뜻한 밥 한 끼 먹여 보낼 걸
너도 나도 타향살이
나만 힘들었던 건 아닌데

미안해)

나무들이 많이 잘렸다고
동생 나무는 괜찮다고……
고향 후배가 알려왔다
스스르 마음 가라앉다
컥, 가슴께 막힌다

노고단 오르는 길 1 외 1편

이석철

빵야— 빵야—

딱총나무 가지로 놀던 때가
호로로롱 호로로롱
새소리 위에서 튄다, 빵야—

이름 모르던 들꽃들이
이제야 기린초로 원추리로
다시 까치수염으로 피어난다

이제서야
산다는 것이, 어머니
손바닥이었던 것을 깨닫는 길

노고단 오르는 길
논둑길에서 개구리들이 논길을 만들 듯
몸 속 잠자리들이 환한 날갯짓을 켠다

노고단 오르는 길 2

1

길을 잃었다.

운무에 휩싸여 몸도 정신도 모두 하이얀 입김들로
사라진다. 당신이 떠난 자리에서 아내가 나를 끌고
노고단으로 올라간다. 가야할 길을 놓치고 외국인
선교사 휴양지터에 머뭇거릴 때, 아내는 나의 시*를
어루만지며 화엄사로 내려가는 계단에서 나를 끌어
올려준다.

아내의 손길에 이끌려
당신과 걸었던 모든 길에서
가라앉았다 지워진다, 밝은 어둠

수정주의인가? 변절잔가?
어느 후배는 집회에 참석하지 않은 나에게 변절

했다고 말했다. 당신이 떠난 자리에서 당신의 의미
가 무엇인지, 당신이 남긴 것은 무엇인지, 그 흔적
은 무슨 의미인지 생각해 볼 겨를도 없이, 수정주의
자라고

길은 지워지고, 들떠 있던 시들이 몸에서 빠져나
가 걸을수록, 산도 바람도 구름도 모두 나로 채워졌
다. 다시 산으로 바람으로 구름으로 돌아간다. 나는
나로 돌아가지 못하고 당신을 떠난 길에서 배회하
고 있을 뿐, 그래 바뀌었어, 바뀐 만큼 바뀐 현장에
서 시작하고 싶었어, 진실된 마음으로 진실된 길을
걷지 못하고 서성거린다.

2

지친 몸으로 노고단을 오른다.
아내는 옆에서 가만히 걷는다,

아내와 함께 걷는 길은
둘이서 한 배낭을 번갈아 메는 길

'생활'은 또 다른 역사
이전부터 우리가 걸어야 할,
둘이서 한 배낭을 번갈아 메는 길

노고단 오르는 내내
아내의 손에선 당신과 함께 가던 길

길은 시원하고 따뜻하게 열린다,
비로소 나도 나로 돌아온다.

* 졸시 「노고단 외국인 휴양소」(『금강산에 살다 죽어도』, 평민사).

산신님을 뵙더라도 외 1편

태백산 호식총*

장윤서

1

다 먹고사는 게 힘들어서
양반네들 피해 산골로
산골로 흘러 왔겠지
그 마저 이 두메산골도
호환을 당했다는 흉흉한 이야기가
슬금슬금 마을에 발자국을 남기지만
그래도 산속을 구석구석 뒤질 수밖에 없었던 건
호랑이 으르렁 소리보다
자식들 주린 배에서 울려대는 소리가
더 섬뜩하다는 걸 그들은 알았던 거라
이빨 허옇게 드러낸 호랑이를 보고
아니, 산신님을 뵙고
하필이면 왜 나란 말이오
원통한 비명이 온 산을 긁는다 해도
산신님 욕을 차마 못했던 것은

맹수보다 잔인한 양반네들 같이
산신님은 가족 전부를 무덤으로 몰고 가지 않는
다네
마을을, 산과 강을 물어뜯지 않는다네
산신님도 먹고 살아야한다는 걸 알았던 거라
운명처럼 본능처럼 그들은 알았던 거라

2

배때기에 기름 낀 양반네들 잡숫고서
피똥 싸시면 안 되겠지 우리 산신님
산골 잘 아는 사람 하나 넣으시고
인적 뜸한 외진 곳에 산삼으로 보내신다네

죽은 이는 산삼으로 꽃 틔우고
병자는 그 산삼 먹고 일어나고
가족들도 덩달아 살아나서

집 하나 기운 돌고
그 기운이 마을길 따라 역병처럼 번져가
집집마다 정화수로 고이 담겨지면
마을은 다시 평온해지고

태백산 호식총은 그렇게
반재도 못 미친 소나무 숲에서
삶과 죽음을 시루째
오래오래 쪄내고 있었던 거라

* 호랑이에게 잡아먹힌 사람의 무덤. 사람이 호랑이에게 잡아먹히면 창귀
  (倀鬼)가 된다 하여 주검을 화장해 돌을 쌓아 그 위에 시루를 엎고 그 시
  루에 쇠꼬챙이들을 꽂았다고 한다.

갈대니 억새니

황악산 바람재
충북과 경북의
바람의 모산(母山)

먼 길 찾아온 바람살에
울컥이는 겨울 햇살 잔설을 털어내며
푸른 하늘에 금빛 눈꽃을 흩날리는 저것,
갈대니 억새니

생김새는 물론이요
꽃이 피고 지는 계절까지 비슷하지만
보통, 억새는 산에서만 자란다네
저것은 억샐거야, 억새가 맞을거야
그럼 저것은?
산 아래에, 길가에, 물가에 있는 것은?
억새 같이 서 있는 갈대야?
갈대처럼 머리 푼 억새야?

갈대 아닌가?
저것도 억샌가?
보면 볼수록 헷갈리는,
갈대니 억새니

부처님의 제자니
상념 가득 떠도는 매력적인 남성이니
직지사에서 뵌 일당 스님
찻잔은 식어가고
구십 년 사연들은 드문드문 흩날린다

어머니의 한국에서
아버지의 일본에서
정처 없이 헤매던 외진 하늘 아래에서
김일성 초상화를 그린 예술가니
독립 운동 자금을 운반했던 오다 마사오니
일본 가족들도 인정 안한 김태신이니

가슴 아픈 삶이었니
아팠기에 갈망하는 삶이었니
한 가지 분명한 건
일엽 스님 승복 안
어머니의 젖이 아직도 그리운
아흔 살의 어린애라는 것

궁금한 길동무에게
모르면서 아는 척 하지는 말어
갈대면 어떻고
억새면 어떠니
갈대든 억새든
한겨울에도
뿌리는 그대로 살아남는다네
갈대든 억새든
그리워하며 살아서 비슷한 거라네
한 계절, 스쳐간 바람이 그리워

금빛 눈꽃을 흘리는 거라네

내설악 외 1편

한국호

  산에 내리는 첫눈. 앞이 보이지 않는다. 걸음을 재촉할수록 눈은 무섭게 쌓인다. 미끄러지며 첫눈에 안길 땐 즐겁다가도 삼일 고립. 발이 빠진다. 먼저 내려간 스님의 발자국 앞서 가는 일행의 발자국 밟으며 내일 약속 아르바이트 더듬으며 내려가는 길. 앞도 뒤도 점점 보이지 않고 내려가는 길만 보인다. 눈길은 점점 깊어진다. 무엇에 고립되지 않으려는지 잠길 겨를도 없이 쫓기듯 백담사로 용대리로 계속 내려가는데
  뒤돌아보면
  설악산은 이제 시작이라는 듯
  제 속에 잠기고 있다.

우연과 인연

바람도 머물지 않고 지나가는 바람재에서 바람이
잠시 쉬어가듯이 간절히 바라면 이루어지는 걸까

우연히 들른 직지사 백련암
대성 스님을 눈앞에 두고
대성 스님을 찾는다
법당에 절부터 하고 오라며
휙 가버리는 스님,
법당 겨우 찾아 절하고
다시 대성 스님을 찾는다
누구, 하며 빤히 쳐다보신다
그 눈에 안금* 작은 종조할머니 삼촌 고모 보여
저, 안금에서…… 머뭇거리는데
호야 호야 아이가 호야라 해야 알제
엉덩이를 탁 치고
경순이 고모가
인연을 만난 듯

다, 다 잘 계시제

하며 덥썩

손을 잡는다

금북정맥으로

삼정맥 분기점에서 외 7편

신대철

굵기 다르고 다듬지 않은
대웅전 나무 기둥과
과자에 묻힌 일곱 나한과
고려인 나한에
장난꾸러기 같은 표정들

칠장사를 돌면 돌수록
텅 빈 절마당도 훈훈하고
산행 길 부드러워진다.

혜소국사*도 산적도 될 수 없지만
명부전 벽화 보고 꺽정불** 생각하다
기우는 해 보고 북으로 동으로
고요히 옮겨가는 얼음해 생각하다
문득 고관절에 집중한다.
목과 허리가 지금 디스크 중이라고
자세히 알려 줄 때까지

혼자서 한 발씩 오른다.

오랜 친구 손바닥 같은
굴참나무 껍질을 잡고
어슬티 재석이, 학당리 창학이
구슬치기 잘 하던 순길이 형
백마처럼 달리던 현백이 형
불쑥불쑥 나타나는 앳된 음성 따라가면
산등엔 애기나리, 물봉선
발붙일 데 없는 고향으로
뜨겁게 굽이쳐 흐르는 능선 길,

칠장산 삼정맥 분기점***
산밤나무 밑에 이르러
지령산으로 문수산으로 흐르는 마음
누더기 몸으로 감싸 안는다.
사투리 숨결 사투리 미소 되찾아

조금씩 금북정맥에 들어서면
불내 나는 길 견딜 수 있으리.

* 고려의 고승 혜소국사(慧炤國師)가 도적 일곱 명을 현인으로 교화했다
하여 산과 절 이름이 아미산(蛾眉山) 칠장사(漆長寺)에서 칠현산(七賢山)
칠장사(七長寺)로 바뀌었다고 한다. 나한전(羅漢殿)에 봉안된 7인의 나한
은 교화된 산적들이다.
** 임꺽정이 당시 생불이라고 하던 스승 갖바치 스님[병해대사]을 위해 만
든 목불(1540년경). 임꺽정은 갖바치 스님의 교화로 산적에서 의적이 되
었다고 한다.
*** 속리산 천왕봉에서 흘러내린 한남금북정맥이 칠장산 능선 상에서 한남
정맥과 금북정맥으로 갈라진다.

정맥길에 은빛 엽서가 1

매산리 고갯길 건너
고운 식물원 위쪽으로 올라갔다.

단풍나무 숲 표지기 사이에
억새꽃 꽂힌 엽서 하나
바람에 흔들린다.

무심히 지나가다 되돌아와
엽서를 살펴본다.
주소도 이름도 아무 말도 없다.

그가 하고 싶은 말은
식물원 꽃봉오리들이
겹겹이 오므려 넣었을까?

백지 엽서를 보았을 뿐인데
왜 가슴이 두근거리는 것일까?

정맥길에 은빛 엽서가 2

고운 식물원을 빠져나와
구봉산 오르는 길,
주황빛 옻나무 잎새 위로
청양 읍내가 보였다.
너라는 말이 슬며시 다가오자

너는 동네 골목 끝에 웅크리고 있었고
너는 땀내 나는 등에서 흘러내리고 있었고
너는 막 꺾인 방아풀꽃
자줏빛 향기를 쏟아내고 있었고
밤이 왔다, 앞산 애장터에서 여우가 울었다.

그 오랜 시간 뒤에
내게 와서 너라는 말은
무엇으로 바뀌었는지

너라는 말에 발길이

숨이 콱 막힌다.

구룡리

금북정맥이 아니라면
구봉산을 어찌 오르랴.

구봉산 화성 쪽은 벌목 중
갱목 같은 나무토막들 굴러내리고
남양 쪽은 새로 생긴 금요장에
맥문동, 청양고추 널려 있고

약초와 열매 대신
금 쏟아지던 구봉산 기슭
불고기와 술내 찌들어 가고
폐석 더미와 휘황한 불빛 아래
아주머니와 화장한 아가씨들
머리끄덩이 잡고 싸우던 구룡리는
노인 회관 옆에 띄엄띄엄
몇 채 흔적만 남았다.

그때 동네 아이들은 자주 울었고
머리 아파 결석하고 소식 없었지만
광산 제련장 견학 갔다 오는 날은
광맥을 따라 지하 속으로 들어가
금맥이 합쳐지는 노다지 꿈을 꾸고
밤새 녹슨 마광기를 돌렸다.

구봉광산 뉴스

양창선 씨는 1967년 8월 22일, 썩은 수직갱 받침 나무가 내려앉는 바람에 지하 125미터에 매몰되었다가 9월 6일, 15일 만에 구조되었다.

"가장 절실한 것은 밥 생각, 그 다음 어린애와 마누라 생각."

양창선 씨 구출작전이 톱뉴스로 중계되면서 6.8 부정선거 반정부 시위는 묵은 뉴스가 되었다.

백월산

풍문에 기대어
아버지 찾으려고
혼자 헤매던 산판 길,

아버지 돌아가신 뒤
다시 혼자
옛길 물어물어 다리재로 올라간다.
전기 톱질 소리 요란하다.
임도 배수로에 나무토막들이
줄 지어 서 있다.

속이 훤한 솔숲을
가파른 길을, 뒤로뒤로
아버지 행적을 더듬듯이 오른다.
칠갑산 산판에서 눈 익은
마른 벌목꾼이 말했던가,
구봉광산에 갱목 넘기고

오서산 기슭으로 가셨다고.

눈에 들어오는 것은
가슴에 부딪치는 역암에 역암

정상에 이르기 전에
청양 읍내에서 보이지 않던
오서산 밑자락이 다 드러난다.
가슴이 철렁 내려앉는다.
오래 잠겨 있던 산 하나가
머리에서 쑥 빠져나간다.

오서산

깃들 곳 찾아
눈보라 속을
나무와 바람 사이를
일행과 함께 몰려가다가
어느새 혼자 일렬로 가다가
어느새 일렬 흩어지고 끊어지고

은자의 시간
육소나무* 밑에 이르렀다.

내 옆에 아직도
일렬 주름 잡힌 흉악한 노인 하나
납작하게 붙어 있다.
가는 길 물으니
오서산 간다고 한다.
가는 길 거꾸로인데

오서산 간다고 한다.

일엽 스님을 스치다

견성암*과 정혜사 갈림길에서
젊은 비구니 스님이
눈보라를 휘감고 내려왔다.
청춘을 불사른 일엽 스님도
핏줄이 비치는 밤엔
눈보라로 불꽃을 피웠을까?

어린 시절 만공탑을 지나
조그만 토굴에서 만난 일엽 스님은
물살 속의 발간 조약돌 같았고
사춘기에 스친 일엽 스님은
빛도 그늘도 말갛게 일렁이는
살얼음 빛이었다.

인간이 무엇이기에 '인간이 되려고' **?

울먹이는 보살을 따라 나온 일엽 스님께
물을 수 없었던 허공의 말

그대로 지닌 채
눈보라에 휩쓸려 온 덕숭산,
한 발씩 앞서가던 명새들 보이지 않고
언제나 돌아서 있던 일엽 스님도
일주문 들락거리던 바람 소리도
견성암 눈보라에 묻힌다.

정맥 줄기를 찾아
가야산으로 발길을 돌리자
채 묻히지 않은 허공이 가로막는다.
무슨 '인간이 되려고'?

* 견성암은 수덕사에 있는 우리나라 최초의 비구니 선방(禪房)이다. 이 암
  자는 1930년 만공 스님의 뜻을 따라 도흡 스님이 정혜사 동쪽에 초가집
  으로 창건했다. 현재는 일엽 스님이 열반한 환희대 위쪽으로 이전되었
  다. 원래 정혜사 동쪽에 있던 견성암은 두 칸 반 정도 되는 초가집이었
  는데 당시엔 그냥 토굴이라 했다.
** 일엽 스님(1896~1971)은 그의 회고록 「청춘을 불사르고」 서문에서
  '인간이 되려고' 출가하셨다고 한다.

다락골 줄무덤* 외 1편

손필영

포도청으로 드는 관복 입은 사또의 위엄 앞에서도
하나님의 사진기는 돌아가서
옥에 갇힌 머리 풀린 사형수들을 찍고 있었습니다
찢어진 옷가지 밑으로 피 터지는 뱃속에는
뜨거움이 목까지 치밀어 오릅니다

하나님의 사진기는 아직도 돌아가고 있습니다
이생을 살기 위해
영원한 죽음을 선택할 수 없다는 이들을 찍고 있
습니다
마음에 스멀거리는 아이들 숨결 같은 속삭임을
죽일 수 없어
몸을 죽이기로 한 사람들을 찍고 있습니다

하루를 짧게 사는 사람만이
천년을 살 수 있다고
매미울음보다

길게 뽑아낸 울음이 있습니다
기다리다 기다리다
한철 울다 날개 버리고 간
울음소리로 남은 줄무덤이 있습니다

* 오서산 기슭의 다락골에 있는 무명 순교자들의 무덤. 병인박해로 홍주
  감영에서 순교한 사람들을 밤에 몰래 옮겨 매장했다고 함.

남사당패 바우덕이는

안성
불당골에서
새싹 튼 봄 밀고 길을 나서고는
땡볕 피해 장마 피해 떼루떼루 인형 놀리다가
도토리 떨어지는 가을,
낙엽처럼 가을에 겨울로 미리 돌아오는 떠돌이,
짐만 싸고 풀고 하던 바우덕이는 무슨 생각을 했
을까?

한 번도 아녀자로 따뜻한 방바닥에 편히 누워보
질 못했을 그녀는
죽어서도 산기슭에 눕질 않고 물가에 누워 아슬
아슬 물줄기를 탄다

대간을 빠져나온 산줄기는 안성을 지나
들을 타고 오르내리다 서해로 들어갈텐데
조선 500년 바우덕이는

조선 끝에 사람 대접받고

비석 달린 봉분을 이고

봄바람에 살랑이는 분홍치마 각시처럼 웃음을 머

금었을까?

이 땅의 연예에 대해 말 안하고

이 땅의 여자에 대해 말 안하고

이 땅의 가난에 대해 말 안하고

언제나 지평선 몸에 감고

수평선을 향해 달리듯이

긴 줄을 출렁이다

아무 일 없다는 듯

흰 싸리꽃처럼 활짝 피다 저 혼자 사라진다

물결 능선 외 4편
금강 1

윤석영

희끗희끗한 점들이 박혀 있는 겨울산

오서산백월산성태산구봉산천마봉계룡산
능선들이 몰려온다.
칠갑산으로
사방에서 물결치듯 아슴아슴 흘러든다.

볼이 얼얼해지도록
바람을 몰고
머릿속까지
기억 속까지 하얘지도록
흰 것을 몰고

면암의 눈빛을 몰고
민종식, 김복한, 안병찬의 충절을 몰고
의병들의 외침을 몰고
민초들의 숨결을 몰고

흰 빛의 혼들이 내달려온다.

사방에서 눈발이 친다.
눈사람처럼
칠갑산에 뭉쳐있던 일행들이
한 뭉텅이 흰 빛을 쏟아낸다.

공주청양부여논산서천군산익산을 적시는
금강이 은빛으로 반짝인다.

흐르는 금맥

금강 2

금북정맥 최남단
황금에 북적이던 마을
구봉산, 백월산 자락
황금을 쫓던 사람들
그들의 노다지는 무엇이었을까?
가난에 찌든 인생 한번 바꿔보는 것?
백제의 공주, 금강의 부여를
그 찬란한 영광을 되살리는 것?

구봉광산*은 폐광이 되고
사람들은 흘러가고
금정(金井)**은 흔적만 남았다.
백금리, 금정리, 구룡리 어디에도
금광은 없고
남은 것은
흐르는 것과 적시는 것뿐

은빛 금강이 흐른다.
황금보다 빛나는 금맥
유서 깊은 백마강이 흐른다.
백제의 부드러운 미소가 흐른다.
흘러들어 마을길을 적시고
텃밭을 적시고
텃밭 사람들의 꿈을 적신다.

* 충남 청양군 남양면 구룡리에 있던 구봉광산은 1971년 폐광될 때까지 금을 캐던 국내 최대 규모의 금광이었다.
** 금정(金井)은 '황금우물'이란 뜻으로 물이 좋아서 백제의 왕들이 사비 성에서 구십 리나 떨어진 이곳 금정에서 물을 길어다 마셨다 한다.

밀지

금강 3

흰 눈 인 삼형제봉 돌아
일행들과 공덕고개를 넘는다.

구봉산에서 내려온 길이
공덕고개를 지나
백월산으로 올라서는 정맥길
표지기들이 길을 열어두고 있다.

발길 하나 닿을 때마다
희고 순한 것들이
백월산 산허리를 휘감는다.
공덕고개를 넘는 이들은
무슨 공덕을 쌓은 것일까?

희고 순한 것들 사이에
표지기처럼 흔들리는
면암에게 가는 황제의 밀지

‘면암의 덕을 흠모한다’

공덕고개에서 모덕사로 내려서면
은빛의 희고 순한 금강이
내게 밀지로 흘러든다.
‘네 안에 공덕을 쌓아라’

절구(絕句)

비바람에 휩쓸리는
진눈깨비 운명

주문모 사건에 휘말린 다산이
벼슬 잃고 명예 잃고
금정찰방으로 좌천되던 날

(그립던 청산이나 마음껏 품자
오서산 푸른 산빛에
시기하는 자들일랑 홀랑 잊어버리고
천정암에 올라 세상마저 잊고
은빛 백마강을 바라보자)

청양현에 당도하니
여기저기서 콧노래가 흘러나온다
아내는 깨를 털고
낭군은 벼 거두니

세상의 호걸이란 다름 아닌 농민일세*

논이랑 밭이랑마다
다산의 절구가 뿌리내린다

* 다산 정약용의 시 「청양현에 당도하여」(行次靑陽縣)의 일부.

빈자리가 환하다

칠장산 안부의 바람
휘휘 등 푸른 갈기 휘날리며
가지마다 눈꽃 피워놓고
새순 틔워놓고

지령산까지 뻗어내린 정맥이
바다를 만난 후
산능선 모래톱으로 부서지고
칼바람 부드러워지는 갈음이
모래톱에서 다시 솟아오른 127봉
금북정맥의 끝봉을 오른다

기진한 여름이 벗어놓은
텅 빈 매미껍질
쪽빛 바다 얼비치는
한 생의 빈자리가 환하다

도중도(島中島)에서

윤혜경

다시,
눈발이 날리고 있다
덕산, 도중도
사방을 둘러싼 시냇물 소리
숨은 듯 들리는 듯 눈발 속에 휘날리고

차가운 겨울바람 속
따스한 햇살이 모여 있는 윤봉길 생가
그 툇마루에 걸터앉아
마당 가득 반짝이는 눈보라를 바라보면

조국도 민족도 없던 어린 시절
마당을 뛰어다니는 네 살짜리 꼬마가
내리는 눈 속에서 조금씩 조금씩
피를 바꾸어 간다

다시 눈발이 뒤집히고

다시 바람이 불고

먼 땅에서
살아 돌아오지 않겠다는 꿈을 이룬
눈꽃 같은 청년이
반짝이는 뜨거운 눈빛으로 날아와

차가운 대지 위로 내리지 않고
도중도 하늘을 마음껏 날고 있다

제멋대로 휘어진 외 1편

바우덕이*

이승규

살기 위해 놀았다
허공에 외줄
흔들림이 춤이 되고
흐느낌이 그대로 노래가 되어

무동으로 안성 사당패 들어가
매 맞으며 동냥 돌고 피나게 재주 익혀
열다섯에 소녀 꼭두쇠가 됐다
천하고 가난한 생명붙이들 흥 북돋고
시름 훔치며 살을 대신 맞았다
폐병에 스물셋에 개울가 묻히기까지
외줄은 몸뚱이 꽁꽁 감는 오랏줄이었을까
찬연히 공중에 몸 띄우는 도약대였을까

살아지는 김에 다시 신명나게 놀아나보려고
장터로 절로 궁궐로 피가 끄는 대로
외줄에서 장단을 맞췄다

짓누르는 하늘 이고 하늘로 솟아올랐다
서운산 청룡사 대웅전을 받치고 있는
기둥**처럼, 제멋대로 실컷 휘어진 운명처럼

아는 얼굴

아양동 미륵불

넉살 좋은 아저씨 화물차 얻어 타고
배티고개에서 안성으로 들어갔다

골목을 돌고 돌아 동네 구석에
거짓말처럼 미륵불이 서 있었다
뚜렷한 눈썹에 큰 눈, 도톰한 입술
우습도록 커다란 얼굴

목이 댕강 떨어져서 시멘트로 목 붙이고
아래가 잘려 나가 상반신으로 우뚝 서서
아양동 주공아파트 수위실을 수호하고 있나

전에는 그저 밑에 엎드려 치성 드렸을 불상
온갖 염원, 각종 염려에 닳아빠진 두 귀
네 맘 다 안다 걱정 마라 가슴에 댄 긴 손

다시 보면 시장 어귀에서 언뜻 마주친 얼굴

비닐봉지에 고사리나물 덤으로 넣어주고
고봉밥 푸다가 생뚱맞게 먼 하늘 보고 있는
아는 아저씨 같은 아줌마 얼굴

로드킬 외 2편
차령고개를 지나다가

장윤서

아, 무엇이었을까.
어둠 속에서 확 튀어나와
더럭 더러럭 차바퀴에 치인 것은.
사슴이었을까, 고라니였을까.
그렇게 큰 동물은 아니었던 것 같긴 한데
이 불편하고 수상한 안도감은 무엇인가.
개? 고양이? 너구리, 다람쥐?
사랑을 나누던 개구리 부부?
그들의 올챙이들? 알?
아니면, 절대 그럴 일은 아니겠지만
갓 걸음마를 시작하던 귀여운 어린아이?

차의 속도만큼 빠르게
다시 어둠 속으로 확 묻혀진 그것은
또 누군가의 타이어에 밟히고 밟혀져
시멘트 도로에 며칠짜리 무늬가 되겠고
고요한 밤, 잠자리에서 갑자기 튀어나와

내 꿈자리에 심란한 무덤을 만들겠지만
정작 겁이 났던 것은
내가 무엇을 없앴는지도 모른 채
나는 인간이야
라는 정당방위를 자꾸만 되뇌는 것이었다.

끊어진 마루금에서
저 깎여진 산에서
파헤쳐지는 강
희미해지는 별들에게서
쑤군거리는 얘기가 들리는 듯하다.

봄아 더뎌져라

삼화목장에서

떨어지는 꽃잎 하나
꽃그늘까지 떨어진다.
여기저기 꽃 피고 지는
소란스런 봄, 먼발치에서
멍하니 서 있기만 하는
변변치 못한 30대 중반이여
봄 햇살 만개한 벚나무를
함부로 보지 마라.
무심하게 꽃잎들을 쏟아내는
벚나무를 보고 있자면
내 청춘의 하얀 꽃잎들도
와르르 쏟아져 내리는 것 같아
뭐 그렇게 추억들이 많았는지
낮술 꺾기도 전에 서러워지고
어설픈 연가 한 소절 속 그대도
빠지는 머리카락만큼
눈가에 주름이 지어졌겠네.

설렘은 철이 없음이었고
내 청춘은 떠나간 게 아니라
닳고 닳아 잊혀진 것인가.
갈 길마저 잊고
떨어지는 벚나무를 보고 있자면
때 이른 설움이
멋쩍게 긴 한숨을 피운다.

성거산* 제1 줄무덤 앞에서

첩첩산중
배고픈 은신 생활에도
그분은, 열린 하늘
별빛으로 보신다네.
그분은 오신다네.
그분이 성당에 계시는지
교회에 계시는지 모르더라도,
모진 형벌을 받고서
목이 매달려 죽게 되더라도,
조상님을 부정하거나
부처상의 목을 쳐서 오시는 게 아니라
가족 같은 교우(敎友)를 잡으러 온 포졸들 가슴속
그분의 빈자리를 불쌍히 여기고
그들의 조상님과 부처님의 안타까움이
그분의 안타까움과 같이 들릴 때
조심스레 조심스레 오신다네.

성거산 정상은 군부대.

이제는 대놓고 박해를 하는 포졸들도 없고

깃발이 다급하게 휘날릴 때도 없을 것만 같은 봄날.

비석도 없이 남녀노소 구분 없이

침묵의 예배를 올리고 있는 38기의 무덤들.

그분도 말없이 팔 벌리고

활짝 진달래로 가르치신다.

그 가르침에 조용히 기도를 올려본다.

* 천주교 박해 시기, 순교자 및 신자들의 유해가 있는 곳. 제1 줄무덤에
  38기, 제2 줄무덤에 36기가 있다. 성거산 소학골에는 그 당시 선교사들
  과 신자들이 숨어 살던 집터가 남아 있는데, 신자들이 성거산 정상에서
  망을 보다가 포졸들이 나타나면 깃발로 신호를 했다고 한다.

명당 1 외 1편
성거산 소학골 교우촌

한국호

산기슭 따라 비스듬히 누운 줄무덤 지나 외딴 산
길 속으로 들어간다. 다시 비석 없는 줄무덤. 고개
를 넘는다. 성거산 동쪽 자락 팻말로 찾아가는 소학
골 교우촌. 좁은 산길 끝에 시야가 트인다.

산자락 따라 남은 계단식 논터 밭터
무덤보다 깊숙한 곳에 숨어
산 모양 그대로 안긴 마을
숨을 사람 숨길 사람 없어도
음지도 양지도 없이
무성한 야생화를 키운다

명당 2
가야산 남연군 이구의 묘

가야사 불 지르고 탑을 부수어
흥선대원군이 남연군 모신 자리
풍수지리가 말대로
천자 고종이 나올 자리
무덤이 파헤쳐졌다
명당이었을까?
천자였을까?

철벙거리는 눈을 밟으며 남연군 묘 앞에 선다
산 능선 골과 골 사이에
눈을 피해 박해를 피해 숨어 든 사람들
보일 듯 말듯 모두 이어져 있다
눈이 녹고 있는
여기가 명당인데
평지에 홀로 선 산처럼
남연군 이구가 잠들어 있다

2부 움트는 구름

눈사람 이름 외 2편

신대철

함박눈 속에 저렇게 많은 아이들이
숨어 있었을까
아이들이 동네 뒷골목을
들쑤시고 다니며 눈 던지고
회오리 속에 눈사람 세우고
눈 덮인 나무 밑동에
언 손가락 호호 불며
눈사람 이름을 써 놓는다
건우 기욱 설희
버려진 차 옆 유리에도
까치발로 쓰다 만
흔들린 ㅁ자가 남아 있다
ㅇ자 쓰려다 주춤주춤 망설인 것일까
함박눈 몇 번 내려도
쓸 수 없는 이름이었을까

아이들은 우우 벌판 끝으로 달려가다

돌아서서 제 몸 속의 울림에 귀 기울인다
그 울림이 침묵이고 고독인지도 모르고

유속 2

고산들은 잿빛 형체로
조금씩 멀어지다
설산으로 바뀌어간다.
풍경이 바뀌는 자리마다
들끓던 비유는
빙하와 산사막과 인더스강과
맨발의 아이들 사이사이를 빠져나오면서
물거품 속에 휩쓸리고
눈에서 심장으로
그대를 움직여 가는 생각도
메마른 진흙덩이만 남는다.

미소

천장호수 3

관광버스에서 쏟아져 나온
술 취한 촌부들 출렁다리 건너다 말고
보르네오 섬인지 민다나오 섬인지
외지에서 흘러온 아낙들
산기슭에 쪼그려 앉아 눈물 흘리다 말고
물속을 환하게 들여다본다.

잔잔히 수면을 재우는
나무 바위 구름
사이사이
푸른 사행천

그 옛날
사행천과 함께 사라진 화전민 아이들이
그 눈빛 받아
호수의 태아처럼 미소 짓는다.

안개 새벽 외 8편

김일영

밤 사이 모여든 안개가
흐물거리는 거대한 광장을 만들고
희부연 회색빛으로
시력을 떨어뜨리며
뒷걸음질 하는 어둠을 보고 있다

북서울 꿈의 숲 광장을 밝히는 보안등도
혼신의 힘으로 뿜어내는 빛이
차단당하는 모양을
고개를 숙인 채 망연히 보고 있다

갓밝이 안개 새벽
아무도 침범하지 않은
스스로 허물어져 가는

누구도 찾지 않는
깊은 회색 침묵

어둠이 물러갈 채비를 하고
안개는 더욱 더 몰려오는데
턱턱 값싼 신발 소리
누군가 긴 치마폭으로 광장을 끌며
새벽을 밀쳐내고 있다

집을 버리고

길을 떠나자 명주이불 같은 포근함으로 붙잡는
집일랑 과감히 떨쳐버리자 독버섯이 자라게 하자
잡초가 가득하게 하자 이 방 저 방 거미줄로 가득하
게 하자 방문을 잠그고 갈까? 여닫는 수고를 덜기
위해 다 부셔버리고 갈까 누구든 왔다가 그냥 가도
좋다 주인 없는 빈집에서 누구든 정 붙이고 사는 것
은 나 떠난 뒤의 일, 햇볕 잘 드는 라일락 향기 가득
한 평상의 미련을 거두어 여행 배낭 속에 넣고 가자
낯선 곳으로 길을 떠나자

분재

한 뼘 터전 속
몸부림 친 시간은 개성으로 살아나고
제 살끼리 얽히고설킨 생의 본능
한 삽 흙도
제 몸이다

내뻗은 손마다 가위질에 뱃살만 늘고
사방 삼십센티 허공만을 차지했지만
오늘도
대지 중심에 우뚝 서 있는
꿈을 꾼다

지나치는 바람에 길 터주며
변함없이 펼쳐 보인 다섯 손가락
움켜쥐기만 할 뿐 펼칠 줄 모르는
손들이 안타까운 듯
흔들어 보인다

저지 당하는 고통스러운 생
발악하듯 토해내는 거친 숨소리
하늘로 땅으로
듣지 않으려는 내 귀로
끝없이 울려 퍼진다

아침 풍경

가늘게 쏟아 내는 햇살이
적색 담벼락에 붙어 있는 담쟁이넝쿨의
촉촉한 이파리들을 포근하게 안고
앞 산
기계충 흉터와도 같은 넓적바위는
틈새에서 사는 잡풀들의 속삭임을
반사경처럼 되받아 보낸다
머얼리
항상 고독하게 서 있는 대머리산은
깊은 공제선을 다 파고 이마의 땀을 훔친다

길 위에 널브러져 있던 먼지들이
비행을 위해 진저리 쳐대는 아침
열린 아침만큼
작아진 나는
서둘러 떠나는 박주가리 홀씨를 따라 간다

출근 시간

첫 인사는 가급적 상큼하게 하려 애쓴다 시간을 앞당겨 출근한 사람들은 커피자판기에게 밤새 안녕을 묻는 인사치곤 정중하게 허리까지 숙여 넙죽넙죽 절을 한 번씩 한 다음 어제 일을 확인 차 얘기하기도 하고 당면한 오늘 펼쳐질 시나리오에 대해 얘기한다 인력을 제공할 장소로 하나 둘씩 부나비처럼 또는 무더기로 몰려든다 시계 바늘이 기다림도 없이 정해진 숫자를 지나칠 참이면 초조해진 마음 고생은 아침마다 같은 무게로 누른다 행렬은 계속되고 부나비들은 불을 향해 가고 있다

현장

투명하게 길을 가던 사람에게
길을 멈추고 간 길을 되돌아와
시선을 빼앗는 또 다른 사람들

생계에 수단이 되었을 이 자리, 리어카, 리어카로
만든 간이 무대
한 여자 그 무대에 올라서서 훌훌 옷을 벗는다
한 꺼풀 두 꺼풀 마지막 작은 그것까지
시선을 빼앗긴 사람들은 빼앗긴 시선을 굳이 걷
으려 하지 않는다
또 한 여자 무대 위로 올라섰다 그녀 또한 순식간
에 옷을 벗었다
더 많은 사람들이 시선을 빼앗긴다
전라(全裸)의 두 여자 주먹을 쥐어 보이며 연신
악을 써대지만
말을 만들어 내지 못하고 발악하듯 쏟아내는 스
피커 소리에 먹혀버린다

보이는 피켓으로 보아 〈이 자리를 보장하라〉〈생
계를 보장하라〉인 듯하다

작은 무대 밑으로 반라의 여자 예닐곱 더 보이고
민중의 지팡이 네다섯 겹으로 에워싸고 있다

지나가던 버스가 가다서기를 반복하며 그 안의
새로운 시선들이

기성(旣成)이 되어 버린 시선 속으로 파고든다

무대로 진입하려는 지팡이들과 반라의 여자와의
필사적인 사투를 벌이는 사이

질서가 유린 당하며 무대 위에선 잡고 있던 시선
을 풀어 놓는다

잠시 화려했던 무대는 해체되고

전라의 두 여자도 반라의 여자들도 더 이상 보이
지 않는다

풀어진 시선들은 각자 제 자리를 찾아가고 벌 떼
처럼 웅성거리다 흩어진다

어떤 이는 끝내 이 무대 위의 배우가 되기를 거부

하고

　그가 내세운 20층 패션 빌딩 정문 앞 초대형 스피
커에선 여전히 강력한 소리로

　주연이 뱉어놓은 말들을 따라 다니며 훼방을 놓
고 있다

　객석의 모두가 떠난 자리

　대형버스가 뱉어놓은 무색 매연만 가득하다

　가려던 길을 찾는다

쉼터에서

강변 쉼터에서 낙엽 하나 주우며
당신을 생각합니다
넝쿨손에 휘감겨 죽어 있는
오리나무 기억 속으로
다람쥐 한 마리 멈칫 두리번거립니다
강으로 내려온 푸른 하늘에
오래도록 시선을 두었습니다
앞선 사람이 흘려보낸 소원이 산자락을 돌 무렵
하늘을 지우면서 배가 지나간 강물 위에는
햇살이 잘게 부서진 유리조각처럼
반짝이고 있습니다
찾지 않는다고 당신의 빛이
내게서 잊혀진 것은 아닙니다
강물을 차고 오르는 청둥오리 떼의 힘찬
비행을 따라 눈길을 하늘로 옮깁니다
구름이 떠갑니다
소박한 사람들이 띄워놓은 소망 같은 몽실구름들

한시도 정지함이 없이 어디론가 흘러갑니다
당신의 몽실구름은 어디쯤에 있습니까
주웠던 낙엽을 강물에 띄워 보내며
잠시 내어 놓았던 당신을
다시 가슴에 넣고 일어섭니다
낙엽이 흘러흘러 제자리로 돌아갔을 때
당신 가까이 가려합니다
낙엽이 떠내려간 강심에는
몽실구름 한 무더기 내려와 있습니다

수종사(水鍾寺)에서

　물이 흐른다 작은 물결 일렁일 적마다 물피에 붙어 있던 물빛이 허공으로 흩어졌다가 내려모인다 물길은 세상의 밝은 길을 아직 안내하지 못하고 물고기가 물 밖으로 튀자 따라오던 희미한 기억들도 허공으로 흩어진다 수종사를 찾은 사람들의 가슴을 데운 염불소리처럼 저들끼리 얽힌 나뭇가지들 햇살에 몸을 말리며 상념에 잠긴다 강물에 기댄 세월들이 기슭마다 오롯이 고여 있다 운길산을 빠져나온 바람이 길을 내려가고 각기 흐르던 두 줄기 물길이 만나 나누던 해후도 잠시, 마음이 바쁜 물길 목을 빼고 앞을 내다본다 기다린 만큼 삶은 성숙해져 가고 양수리 마을을 구석구석 훑어보고 물내음 앞세워 다시 산으로 오른 세상살이 익숙해진 바람을 맞는다 아직도 제자리를 서성이고 있는가 지나온 길 되짚어 보듯 반짝거리며 외길로 들어선 물길을 따라간다

밤에

마루 창가에서 하늘을 봅니다
넓은 하늘의 별 하나 나를 붙들 듯
다양한 사람 중에 나 당신 붙들어
아내라는 자리를 내주고
흘려보낸 세월이 십 수 년
옷걸이에서 별처럼 빛나는 아이들의 학교 배지에
묶인 세월 동안의 기쁨과 슬픔이
그대로 새겨져 있습니다
볼수록 깊어지는 하늘
그 안에 놓여 있는 언젠가 가야할 길을
생각하면 같이 가자하고 싶지만
또 다시 당신에게 짐만 지울 것이기에
그만두리다
아내의 손이 따뜻하다고 느꼈을 때
쿨룩쿨룩 기침소리 쫓아
며느리로 가버린 뒤
떨어지는 유성 뒤로 길 하나 본 듯합니다

잠들어서도 근심이 가시지 않는
당신의 얼굴에 내 얼굴을 묻습니다

그랜드캐니언에서 외 4편

손필영

노스림에서 내려다보면
유황과 모래와 진흙이 켜켜이 쌓이고 쌓이다가
갈라진 지층들
노을 품은 협곡은 황금을 담은 듯 사방에서 번쩍
거린다
깊고 광대하다는 말은 그랜드캐니언을 축소하리라

독일에서 온 머리가 하얗게 센 할머니가
고사목에 올라갔다 가지에 걸려 우는 동양 아이
에게 노래를 불러주고 있다,
아이의 엄마는 등을 돌리고

어린아이의 울음은
강에서 올라온 하늘을 빨갛게 적시다가
어스름에 풀려 사라진다

(양수를 터트리고 나와 부드러운 발바닥으로 탄

생의 불안을 성장의 환희를 방황의 상처를 고뇌를
열정을 상실을 걸어 나간다, 점점 굳어지는 발바닥)

  끈기는 모래층
  집착은 진흙층
  회한은 자갈층
  메마름은 유황층
  한꺼번에 일어나야
  노을을 품을 수 있다는 걸
  아이는 알 수 없지만

  어떤 울음도
  부드럽게 감싸 안는 늙은 엄마가 되기까지
  누구나 하나의 지층을 갖는다는 걸
  아이는 알 수 없지만

  붉고 검은 선으로 사라진 사방이

어둠 속에서 우주로 돌아갔다
다시 돌아오면

인간은 누구나 엄마의 아이에서
우주의 아이로 태어나리라

옆에 앉는 산

서리 내려와 단풍이 내려왔다고
높은 산으로 올라간 사람들이
남겨둔 비닐봉지처럼
먼지더미 옆에 피는 어수리 궁궁이

아무렇지도 않게
하얗게 바람 부서지는 가을이라고
컵라면 들고 나무 밑에 앉은 아이
아이의 그늘 쓰고 앉은 엄마
그들의 어깨 위로 일요일 햇살이 내리고 있습니다

산이 낮게 내려와 옆에 앉습니다

칠갑산을 오르며

새털구름은 새초롬한 하늘을 가볍게 띄우고 비행운은 줄지어 높아진 하늘을 길게 늘입니다. 어디든 가고픈 이는 하늘 따라 가면 좋겠습니다.

천문대 지나 양지를 감으면서 참나무잎 벗나무잎 바스락거리면서 걷다 음지를 돌며 눈 밟고 얼음 조각 차며 산길을 감아 오릅니다. 냉천골로 내려가는 산비탈엔 간밤 눈으로 나무들마다 흰 띠를 띠고 섰습니다. 산길을 돌아돌아 온 길을 돌아다보면 합대나뭇골도 꾀꼬리봉도 그리움처럼 다가오고 오서산 계룡산 사이로 지는 해는 두 시쯤에 걸려 시를 키우는 봉우리가 되었습니다. 누구나 닮고 싶은

칠갑산 정상에 서면 멀리 금강
금강이 백마강이 될 때까지 바라보면 눈 끝에 걸려있던
사방 능선들이 파도처럼 밀려옵니다

계곡에 살던 사람들
하늘과 땅이 마주치는 곳을 보고 흔들릴 때마다
파도는 그들을 휩쓸어 멀리멀리 보냈습니다
새로 또 꾸는 꿈처럼

감람산에 흐르는 눈물

올리브빛이 사라진
눈물교회*가 있는 감람산 기슭에서
예루살렘성을 향하면
어디서나 번쩍이는 황금돔이
동쪽 문을 시멘트로 바른 성벽이
보인다, 가로막는 많은 말을 날리면서

성벽 바로 밑 회교도들의 무덤은
기드론 골짜기를 건너 감람산으로 오르지 못하고
부활을 꿈꾸는 유대인들의 무덤은
기드론 골짜기를 건너 예루살렘으로 들어가지 못
하고
황량한 먼지로 골짜기를 떠돌고

올리브를 둥근 맷돌에 으깨어
감람유를 만들었다는 겟세마네 바위에서

예수님은
2000년 전에 흘리신 눈물과 핏방울을
지금도 흘리고 계신다

오늘도 폭탄 테러가 일어났다고
오늘도 아이들처럼 분노가 자라고 있다고
아우슈비츠의 고독과 절망의 씨가,
팔레스타인 난민들의 고통과 애통의 싹이,

만국교회, 로만 카톨릭교, 동방 정교가 하루를 태
우며
기도하는 감람산, 그 골짜기 건너에는
때때마다 알라의 예배자들이 절을 하는 황금돔
예루살렘
예수님은 혼자 눈물을 흘리신다
깊게 패어진 기드론 골짜기가 어디든

내가 갈라놓은 깊은 골짜기까지

눈물로 흘러 길게 그 골짜기를 건너 갈 수 있도록

* 예수님께서 "가까이 오사 성을 보시고 우시며 이르시되 너도 오늘 평화
에 관한 일을 알았다면 좋을 뻔 하였거니와 지금 네 눈에 숨겨졌도다.
날이 이를지라 네 원수들이 토성을 쌓고 너를 둘러 사면으로 가두
고…… 돌 하나도 돌 위에 남기지 아니하리니 이는 네가 보살핌 받는 날
을 알지 못함을 인함이니라 하시니라"(눅 19:41~44) 말씀하신 곳에 세
워진 눈물 모양의 교회, 통곡의 교회라고도 한다.

오래된 사람

천전리*에서

달맞이꽃도 먼저 달을 돌려보내는 곳
천전리 암벽에 걸린 물결무늬를 띄워 보내요
푸른 태화강을 따라 동해로 들어갈 수 있게요
화랑들도 부러워하던 시간으로 돌아갈 수 있게요

그날은 태양 같은 동그라미도 약속처럼 돋아 오
르고
네모난 무늬에 갇힌 생각들도 풀려나와 흘러 흘러
오래된 사람을 떠오르게 하지요
그 사람은 빈손으로
그 사람은 표정 없는 표정으로
그 사람은 사슴도 나무도 바람에게도 말을 건넵
니다
그 사람은 일어서기 위해 다리를 뻗고
그 사람은 잠을 위해 온몸을 지웠을 겁니다

오래된 사람을 잠시 만나 서늘한

몸에 감춰진 기운을 더듬어

생생한 정적(靜寂)을 불러낸다면

강 거슬러 지느러미 세운 상어도 고래도 돌아오

겠지요

* 태화강 줄기 대곡천 중류의 울주 천전리. 그곳 바위에는 신석기 후기와
청동기 시대 것으로 추정되는 그림이 새겨 있다. 강가에는 공룡발자국이
있고 신라 법흥왕 때의 화랑도들의 기록도 남아있다.

두만강 발원지에서 외 1편

조재형

천지를 품고 백두산을 돌아 나와
하늘 높이 솟은 두만강 발원지 이정표 앞에서
홍토산 기슭으로 스며들면
국계 21호 조선 표지석 옆
군락을 벗어난 금매화
국경을 넘어 핀 좁은어수리
오솔길 사이에 두고
마주 보며 피어 있다

발원지는 더 위쪽으로 가야하고
우리 일행은 발원지 아닌 발원지 옹달샘에서
그대들을 만난다
어디서 왔느냐고 묻는다
남측이라고 말하며
통성명은 못하고 성만 주고받는다
일행 중 한 명이 최 씨라고 말하자

나도 최 씨라며 환하게 웃으며
악수를 한다

중국이 동북공정으로 역사를 왜곡하는 동안
국경을 사이에 두고
그대들이 내미는 손은 월남이고
우리가 내미는 손은 월북인가?
그대들의 따뜻한 악수를 받으며
지니고 있던 물건들을 내놓는다
그대들은 미안하다는 말을 하며 몇 날 몇 시에
이곳으로 다시 오면 산천어를 주겠다고 한다

거래 아닌 거래를 마치고
그대들 돌아간 뒤
두만강이 흐른다
그대들과 다시 만나는 날

산천어가 여울을 거슬러
두만강 발원지 옹달샘에서
뛰어오르겠다

빙하 2

모스크비나 빙하에서

텐트도 침낭 커버도 없다 날은 어두워지고
체트록봉과 모스크비나 빙하 사이에서 비박을 한다
검푸른 하늘의 별빛이 구름에 덮이고 눈발이 날
린다
침낭 위에 내린 눈은 체온에 녹아 스며들고
밤이 깊어질수록 침낭과 등산복까지 얼어붙었다
저체온증이 오는 것 같다
이대로 잠들면 안 된다
밤새 뜬 눈으로 쪼그리고 앉아서
가물가물한 의식을 붙잡고 빙하를 바라본다
어둠 속에 빙탑이 솟아 있고 빙탑이 무너지고
눈보라 거세지며
등 뒤에선 돌 구르는 소리 요란하다

체력도 정신도 바닥이 났을 때
나를 버티게 한 것은 무엇이었을까

엘비라*의
"제발 용서해주세요"
"사랑합니다 여러분"
"안녕……"이란 마지막 말이
떠오르고 새벽이 밝아 오고 있었다

움직여야지, 빙하를 건너야지
세락은 원시의 숲처럼 솟아 있고
눈보라에 앞이 보이지 않아 길을 잃는다
아이스폴에 막혀 되돌아오고
칼 끝 같은 빙탑에 올라 길 찾기를 수 십 번
이제 길을 찾기 보다는
길을 만들면서 가야 한다
끝도 없는 검은 아이스폴에 한쪽 발이 미끄러지고
아슬아슬 피켈을 찍어 일어서고

"사랑합니다" "사랑합니다"

엘비라의 말만 되뇌면서
돌아온 베이스캠프엔
없던 새가 오고 있었다
후투티가 오고
참새 같은 콩새 같은 새가 오고
하얀 눈 속에서
요정 같은 에델바이스가
사랑합니다 사랑합니다
속삭이는 듯 피고 있었다

* 1974년 구 소련에서 아프카니스탄과 티베트의 국경 힌두쿠시 북쪽에 위
  치한 사마니봉(7459미터)과 레닌봉(7134미터)에서 국제캠프가 열렸다.
  초등 및 루트 개척의 꿈을 안고 세계 등반대가 모여들었다. 여덟 명의
  구 소련 여성 등반대는 레닌봉 정상에서 막영을 하다가 지진으로 인한
  태풍을 맞고 하산 중에 전원이 사망했다. 당시 구 소련 팀의 등반대장은
  엘비라 샤트에바.

까치내 외 7편

-
윤석영

물결 잔잔한 까치내
그리운 참게
수달, 그리운 황조롱이

돌다리를 건너가는
다정한 노부부

산속에 버려진, 구멍 숭숭 뚫린 산막에서 별을 올
려다보며 푸른 꿈을 꾸다 잠들고, 화전 일궈 허기
달래고, 냉천골 차가운 물에 열기 다스리며 홀로 세
상을 넓혀가던

젊은 날이 어릿대는
매운 까치내

노부부 그림자 드리워진
까치내가 깊어진다

품 안에 들다

칠갑산
남쪽 기슭이 안온하다

하늘이
포대기처럼 내려와 있다
어머니 품 같다

욕망에 지친 사람들
상처 입은 짐승들
달빛 묻혀 숨어들던 곳

(도적 떼와 전란이 휩쓸고 간 자리마다 불심이 깃
든다, 설움도 원한도 불길 속으로 사라지고 천 년의
시간이 흐른다)

천 년 고찰
정혜사 앞마당이 환하다

지치고 상처 입은 누가
푸른 달빛에 안겨 있다

안긴 품이 참으로 무량하다

으름이 익어갈 때

으름과 다래 그림자 지는 합대나뭇골

크고 작은 소(沼)들 사이로 들어가면 의자 같고 평상 같고 반석 같은 바위 하나가 발길을 잡는다. 아직 온기 남아 있는 바위에 걸터앉자 소에서 소용돌이가 일었다. 흔들리는 물그림자 속에서 떠오르는

무인도, 알래스카, 시베리아, 고비, 극야, −23시

똬리 트는 뱀과 함께 험한 꿈을 꾸며 밤마다 오지를 떠돌아도 잊히지 않던 고통은 무엇이었을까? 생존과 고통 사이에서 가늠되는 생의 무게는? 살아남는다는 것은? 세상 밖에서 중심을 잡는다는 것은?

빽빽하게 둘러쳐진 잡목숲에서 홀로 중심을 잡고 서 있는 큰 미루나무를 올려다본다. 햇빛 하나 비쳐들지 않는 합대나뭇골 화전터, 으름과 다래덩굴 사이 낯익은 사람 하나 어릿거린다.

아름드리 미루나무에 기대
높이도 폭도 깊이도 모르고 뻗어만 가던
파릇한 으름이 노랗게 익어간다.

낮은 산도 깊어진다[*]

합대나뭇골 지나 안골 깊숙이 가파르게 길 안 난 길. 머루와 으름과 다래덩굴 사이 미루나무와 개살구와 들깻잎과 고욤. 산속 깊숙이 들어갈수록 인간적인 욕망 지워버리며 사람의 키를 낮추는 덥수룩한 수풀.

칠갑산은 아흔 아홉 봉우리, 낮은 산도 깊어지는 아흔 아홉 골짜기. 골골을 넘나들던 산사람은 무슨 생각을 품고, 또 버렸을까? 칠갑산 상봉에서 오서산으로 가다 장곡사를 힐끗거리는 길 안 난 길. 마음은 자꾸만 꾀꼬리봉으로 올라선다. 햇볕 따가운 칠갑산 상봉에서 꾀꼬리봉을 바라보는데, 아— 눈이 부셔, 온몸을 찌르는 빛, 골골에 흩뿌려지는 빛 알갱이들, 사이로 떠오르는 꾀꼬리봉, 노랗게 떠오르는 해.

발아래 까마득히 꺼지는 산길 더듬어 산을 내려선

다. 날은 금세 어두워지고 복분자 가시덤불이 길을 가로 막는다. 살아남기 위해 물길 찾던 산사람처럼 허둥지둥 물길을 찾아 내려선다. 가시에 긁히고 어둠에 갇힌 채 간신히 산속을 빠져나오자 낮에 걷던 길들은 지워져 있고 꼬마잠자리 날갯짓 하늘거리는 둔덕길에서 아이들이 까르륵까르륵 뛰어놀고 있다. 온 길 까맣게 잊고 아이들 웃음소리에 뒤섞인다.

재잘대는 아이들과 일행이 되어 천장호를 건넌다. 골바람 타고 흐르는 꾀꼬리 울음소리에 골골이 깊어진다.

* 신대철 선생님의 시 「잎, 잎」에서.

산을 펼치다

청계산 2

홀리듯 우릴 산꼭대기로 잡아당겼다가 산 아래로
놓아주는 산

물길 따라 계곡을 건너다 만나는
무성한 이끼와 풀벌레, 다람쥐와 산새들
아이들의 웃음소리로 가득 차오르는 산

풀섶 헤쳐 메뚜기 잡았다 놓아주고
계곡에서 무당개구리 잡았다 놓아주는 아이들
날아오르는 산새들이 산속을 뒤흔들어놓는다

산을 벗어나도 날개 돋친 아이들이 산속을 환하
게 펼쳐놓는다

가을볕

골바람에 흔들리는 빈 둥지에
상수리처럼 쏟아져 내리는 가을볕

(상수리와 함께 정수리로 쏟아지던 빛줄기, 함께
쏟아지다 공중으로 날아오르던 새들, 함께 날아오
르던 시선 끝에 매달리던 그때 그 아이들, 어느새
어른이 되고 도시 한복판에서 길을 잃고 헤매는 동
안 가을이 깊어졌다, 함께 뛰어놀던 구릉이 황금빛
으로 물들어간다)

가을볕을 뒤집어쓰고 구릉으로 뛰어가는 아이들
가을 깊숙이 들어와
누군가 나를 불러 세운다, 훈훈해진다

등 뒤에서 후두두둑! 쏟아지는 상수리

꽃눈

살짝 비낀 사립문
안마당을 서성이는 동안
성긴 눈발 굵어진다
홍성군 결성면 성곡리 492번지
만해 한용운 생가
빈집을 둘러싸고 휩싸고 도는
님의 침묵이
마루에 걸려있다

투사의 혼처럼
뜨겁게 곤두박질치다
벌판 가득 떠오르는 눈발
시인의 화답처럼
쏟아지는 햇발
머뭇대는 발길을 붙잡는다

겨울 속의 봄날

복사꽃잎 같은
은빛 눈부신 꽃눈이 내린다

가은역에서

봄 소풍 같은 가은역에, 누가 오고 있다.
덩그러니 놓인 빈 의자
대합실에 어릿거리는 희미한 실루엣

마른 풀들 뒤엉켜 있는 선로 끝에서
기적처럼 달려오는 아지랑이, 누가 오고 있다.
수십 년 동안 떠났던 사람들
하나둘씩 플랫폼에 내려서고 있다.
가은역사가 잠시 북적이다 가라앉는다.

이젠 오가는 이 없는 낡은 역사에
낯선 표찰, 〈대한민국 근대문화유산〉
선로에 서릿발이 서고 겨울바람이 지나간다.
달빛에 젖어드는 소읍
집집마다 둘러앉은 낮은 목소리에
버들개지처럼 움터오는 이름, 누가 오고 있다.

날 저물도록
창문가 아이들의 까치발이 높아만 간다.

칠갑산 외 4편

윤혜경

장곡사 지나, 지천 거슬러
골짜기마다 이어진 마을길과 함께
상봉에 올랐다

지나온 구봉산, 백월산, 오서산
멀리 물결처럼 밀려오고
금강은 백마강으로 몸 바꿔 흐르고

지나 온 길 아주 잊었을까
눈 아래 꾀꼬리봉 사이
골골마다 들어선 집들이
겨울산처럼 차다

누군가에게 산은
살기 위한 집이 되고
집을 잊기 위한 길이 되고

차가운 영혼처럼
한없이 깊어진 낮은 계곡들
산속으로 집으로 쉼 없이 흘러든다

저 길 따라 내려가면 장곡사
저 길 끝은 얼음골
어디로 거슬러 내려가야 할까

까치내 잔잔한 물길 위로
물수제비 타고 걸어오는
낮은 산을 만나기 위해
얼마나 쉼 없이 흘러들어야 할까

잎 다 진 후에
내 안의 둥지 2

여름내 까치 드나들던 둥지들
빈 나뭇가지 사이에서
바람 부는 대로 흔들리는데

휘익,
어디선가 빠르게 날아드는 새 한 마리
순간, 내게 처음 보인 둥지 하나

무성한 잎에 가려 보이지 않던
잎 다 진 후에야
내 눈에 보인

무엇에 가려 보이지 않는가
내가 드나들지 못하는
내 안의 둥지

빈 겨울 숲에 서서

잡풀 무성한 온몸을 털어 본다

앞산

어린 시절
앞마당에서 놀다
큰길 하나 건너 단숨에 오르던 산길
작은 폭포도 있고, 좁은 계곡도 있고, 방공호도
있던
끼리끼리 모여와 함께 하루를 보내던
그때는 그렇게 높고 커 보이기만 했던

앞산을 오르내리다
처음 백운대에 올랐다
그리고
진달래능선 건너 공룡능선으로
천왕봉에서 태백으로 다시 백두로
신이 난 아이처럼, 혼 나간 아이처럼
그렇게 오르내렸다

오르내리다

마흔 넘어, 돌고 돌아
창을 열면 손에 잡힐 듯 가까이에서
다시 마주하고 앉은 앞산
더 이상 작은 폭포도 계곡도 친구도 없는
더 없이 작아진 앞산

이제 이 산을, 나는
진달래 철쭉 가득한 소백산 능선 걷듯 걷는다
하얗게 얼어붙은
인적 없는 태백산 오르듯 홀로 걷는다
돌고 돌아 온
나의 깊어진 첫 산을

할머니의 빛

지난 겨울, 손녀딸 시집가고 난 빈 방에
할머니 자리 펴고 들어오셨다.
온 몸 다 열린 채 지난 세월이 빠져나가고
남은 숨이 남은 몸을 태우며 스러져 가고 있었다.

나뭇가지처럼 앙상하게 마른 몸
죽은 듯 고요히 감고 있던 젖은 눈
창문 가득 넘어오던 서러운 세월

차가운 화장터에서
불길을 지나온 할머니의 젖은 생은
한 움큼의 뼈마디로 남고

할머니의 부서진 삶이
구차한 시간 시간들이
남은 사람들 가슴을 비추며
겨울산을 넘어가는데

추운 세상, 살아도 살지 못했던 할머니
마른 나뭇가지를 흔들며
한줄기 빛을 비춘다.

살아가라고
세상에 다른 빛을 뿜어내라고

마애여래 외 2편

최수현

볼에서 입술을 지나
천천히
쓰다듬으면
아득한 시간의 자락이 만져질까

돌에 스민 미소

말하고 싶은 마음도
말하고 싶지 않은 마음도
스미어 들고

움찔

삼각산이 봄을 향해 푸르러진다

국경 지대에서

　당신을 그곳에서 만났었지요. 참 먼 길이었어요. 푸른 옛꿈을 꾸는 듯 하늘을 향해 쭉 뻗은 한대 나무들을 지나, 더위와 땀과 혼란이 뒤범벅된 먼지 속에서도 이상하게 서늘한 기운이 돌던, 버석거리는 들판 길을 지나, 이야기가 졸졸 피어날 것 같은 웅덩이. 여기가 두만강 발원지 맞나. 여름의 한낮이 갑자기 소란스러워질 때 수풀을 헤치고 당신이 불쑥 나타났지요. 웅덩이를 사이에 두고 주춤 인사했어요. 햇빛에 바랜 당신의 군복과 여윈 몸, 그을린 미소가 너무 가까웠어요. 우린 니하오라고 하지 않고, 헬로우라고도 하지 않고, 안녕하세요라고 분명하게 말했지요? 목소리들이 부드럽게 섞이고 수줍은 웃음소리가 피어나고, 남쪽과 북쪽의 고향 이름이 지도를 넘어 서로의 얼굴 위로 그려질 때, 우린 어슴푸레 멀고 먼 고향으로 되돌아온 듯했지요. 달러와 산천어의 약속이 웅덩이를 오가는 사이, 처음 솟은 샘물에서 온 듯한 서늘한 기운이 우리를 감쌌

고 모두의 얼굴은 시원하게 반짝거렸어요. 그 순간
보고 말았습니다. 당신의 어깨를 누르며 햇빛 아래
번득이는 낡은 무기. 우리가 함께 내려놓았지만 아
슬아슬하게 나와 당신을 지우려 하던 총구의 번득
임을.

산책

산길에서 아파트로 돌아오는 길

여름 저녁

가쁜 숨

바로 5미터 앞 완만한 커브

그 뒤에 도사린 길

커브만 돌면 다시 마주칠 것 같은 형상들,

할머니의 등에 업힌

말 못하는 아가의 눈을

미소도 없이 노려보는 얼굴,

순식간에 벗겨질 거짓 호의를 얇은 베일처럼 두르고

입 꼬리가 올라간 채 건물에서 건물로 배회하는 얼굴,

얼굴들, 분홍빛 뺨을 가진 키 작은 아이에게선 등을 돌리고,

쉼 없이 말을 쏟아내는 여자들 쪽으로 걸어간 얼굴,

커브만 돌면,
커브만 돌면,

어둠이 땀을 흘리며 깔리기 시작하고,
심장 뛰는 대로
마구 달려오다
아파트 초입.
바람과 열기가 부딪히는 곳,
엄마 일은 물어보지 말라던 작은 목소리가
회오리치며 나를 휘감는다.

훈김 외 2편

양구에서

이승규

폭염이 걷히지 않는 날
박수근미술관
담쟁이넝쿨 가는 잎이 떨리며
옥수수 사세요, 했다
작고 까맣고
큰 눈 반짝이는 동남아 여자

한기 도는 미술관
동결 건조 된 아낙과 나무들 사이
미군부대 뒷문에서 서성이던
아기 업은 소녀
흙바닥 같은 화면에서 해동되어
훈김이 끼쳐든다
찐 옥수수 사세요 냄새

천장호수에서

흐르는 산 흐르고
흐르는 물 흐르다
멈춰 있는 곳

천장호수에서
공기가 부드러워진다
물가에 앉아 넋을 놓으면
잔잔한 물결이 심장을 두드린다

줄어들고 싶다
고여 있다 승천하는
수증기 한 방울로

온 길도 갈 길도 잊고
눈물과 웃음기를 말린 채
첨벙첨벙 빠져드는 구름장 사이
오후의 노란 햇빛이 살짝

일생을 스치면서 지나갈 때

향고개를 찾아서

벌을 피해 딴 고개로 넘어가던 향동
이제 향동은 빈집 빈 공장 동네, 택지개발 결사반
대 현수막이 찢어진 채 펄럭이는 곳

오늘은 고개 반대편, 치매 노인들이 해바라기하
는 서북병원 뒷길로 올라간다, 봉산에서 가파르게
내려온 길이 근린공원으로 이어지는 능선에, 살 빼
려고 걷는 아주머니, 운동복에 구두 신고 등 돌리는
청년, 젊음을 되찾으려는 내의 차림 할아버지, 할아
버지께 향고개*가 어디냐고 물으니 모른다는 대답,
내가 아는 향고개가 여기인데, 몇 번을 물어도 모른
다는 대답만 울려온다

「향현」에 나오는 다복솔숲을 지난다, 나무에 가
려 동네가 훤히 보이지 않는다, 길은 잔잔하다, 고
개 한 편에선 노인들이 죽음을 기다리고, 한 편에선
돈에 떠밀려 집이 집을 떠난다, 향고개에 지난날의

울분이나 기대가 없다, 편안한 산책과 철 지난 라디오 유행가가 있다, 향고개에서 나는 왜 자꾸 향고개를 찾고 있을까, 능선이 흐른다, 다시 봉산으로 올라가 삼각산을 업고 멀리 관악산을 바라볼까, 마비된 다리, 헛것 잡던 두 손 잊고, 관악산을 산속에 새로 핀 속잎으로 바라보기 위해, 한없이 가라앉는 능선에서 한번, 향기롭지 않은 향기 맡기 위해

* 향고개는 서오릉 옆을 지나는 벌고개의 우회 고개, 박두진 시인의 시 「향현」의 현장.

찬물내기 외 1편

냉천골 온기

박성훈

여름방학 보충수업 빠져나와
친구와 발 담갔던 찬물내기,
얼음 같은 물이 발등을 적시면
온몸이 으스스했는데
몰래 저지르는 쾌감이었을까
친구와 같이 있다는 안도감이었을까
등골 오싹하도록 유쾌했던 그 기분은

그때 그 찬물내기
여기 칠갑산 골짝에도 있어
냉, 천, 골,
텐트 치는 몸보다 마음이
먼저 물속으로 들어간다
마른 등골이 미리부터 오싹한다

후두둑 여름비 쏟아져
급한 손길로 텐트 치고

일행들 몰래 냉천에 몸 담근다
이 골짝 찬물내기
이, 상, 하, 다,
등골 오싹은커녕 훈훈한 이 기분……

엉거주춤 모여 앉았던 지리산 비트에서도
발바닥 까지며 올랐던 향로봉 산길에서도
같은 곳 향해, 같은 길 걸어왔던 일행들
잠시 대간길 정맥길 벗어나
칠갑산 자락에 둘러앉았다
옹기종기 얼굴 맞댄
그대들 머리 위로 불빛 번진다
흐린 밤하늘, 별 대신
환한 낮빛들 총총 박힌다

멈칫

친구는 고아가 되었다
작년 어머니 가시고 난 후
아버지마저 돌아가셨다
아침부터 핸드폰이 연신 울린다
"너 어떻게 할 거야?"
결혼 날 받아놓고는
다른 결혼식도 상갓집도 가면 안 된다고

조의금만 내고,
상주는 만나지 말고,
장례식장에만 안 들어가고,
절하지 말고,
혹, 하게 되면 돌아와서 소금 뿌리고,

많은 미신을 등에 달고,
고아가 된 친구에게 향한다
대관령쯤에선 눈물도 났다

4시간 만에 도착한 장례식장 앞에서
멈칫,
'들어가면 안 되나?'
숱한 말들이 머릿속을 맴도는 사이
친구는 고아가 되었다

새잎 외 6편

이석철

조그마한 나무에서
새잎이 돋는다

연초록
야들한 바람을 피운다

이 조그마한 잎새에
방 전체가 덮인다

우주를 여는 부드러운 생
생을 시작하는 첫 미소

나무

바위에 기대어 오른 산을
내려오다 보니

나무는 껍질을 문대 손을 내민다
부드럽다
품이 한없이 맨질맨질하다

나는 언제 나의 손길을
제 살을 깎아 누구에게 주었던가

생긴 대로 사는 것도
제 살을 깎아 손을 내미는 것도
모두 나무다

나무다
나무다
절벽길도 외롭지 않은 나무다

매미

열대야를 이기고 너는
이 새벽을 노래하는구나
매미여
해도 달도 없는 이 새벽
이 아스팔트 사막 같은 거리에
오아시스여
시원하고 맑은 소리여

네 소리에 기대어 나는
꿈꿔본 적 없는 바람을
온몸으로 맞는다
이 새벽을 온몸으로 맞는다

신도에서

조각공원 너머 수평선
수평선 너머 바닷가
바닷가 너머 조개 무덤

무인도를 위하여* 사람과 사람 사이를 지나치신 시인을 모시고 신도를 왔습니다. 당신께서는 오랜 말줄임 끝에 사람과 사람 사이에 자리를 잡으셨나요? 선생님께서 찾으시던 무인도는 여기에서 얼마나 멀리 있었나요? 그 섬을 돌아 나오신 곳은 어디셨나요?

인간이 태어나기 전부터
인간보다 낮게 쌓인 조개 무덤

조심스레 선생님께 여쭈어봅니다. 수평선 하나 걸리지 않게 흘러간 선생님은 어디에 발을 딛으셨나요? 저는 아무리 걸음을 해도 여기 조개 무덤에

서 서성거릴 뿐이에요

  디디는 곳마다 아드득,
  결을 바꾸며 낮아지는 조개 무덤

  선생님, 얼마나 쌓여야 이 만큼의 결을 가질 수
있을까요, 얼마나 가라앉혀야 몇 개의 섬으로 나를
가라앉힐 수 있을까요, 막배를 놓치고 흘러갈 수 있
을까요

  속을 다한 껍데기
  깊은 메아리 속으로
  묻지 못한 질문만
  아득히 파도칩니다.

  * 신대철 시인의 『무인도를 위하여』.

칠갑산 바람

바람이 분다, 바람이 분다
한 시인의 산에서 한 시인의 산으로

칠갑산 마치고개 넘어
냉천골 안골 합대나뭇골 넘어
용복이네 점심골 '저 물빛 아이' 넘어

山, 山, 山,
천장호수를 돌고 돌아
바람이 분다, 바람이 분다

시인은 꿈도 꿀 수 없는 냉골에서
꿈을 안고 염소를 몰아 칠갑산을 오르고
화전으로도 채우지 못한 허기 때마다
꾀꼬리가 울었다, 봉우리에는 닭알이 맺힌다

닭알을 팔러가던 호숫길

산을 아주 떠나려다 머뭇거린 걸음들만이
얼어붙어 호수를 떠나고

시우정골을 타고 뭉쳐지는 검은 구름
시인이 꿈꾸어 보지 못한 꿈이 잠시
뭉쳐졌다 사라진다, 시인의 집 앞에서는
붉고 흰 접시꽃이 조그마한 단을 쌓고
감나무 잎이 바람에 허연 산발을 한다

바람이 분다, 시를 날리며 바람이 분다
한 시인의 산에서 한 시인의 산으로
피지도 않은 능소화가 뚝, 뚝,
눈을 똑바로 뜨며 떨어진다

시인의 시계

1

가방에선 항상 그 시집의 향이 남았다
책장 모서리마다 그 시집의 시어들이 가지런히
꽂혀 있었다

바람이 불지 않는 저녁때가 오면
어디에서든 그의 시집을 읽었으리

읽을 수 없는 페이지 사이에서도
그가 걸어 나와 머리와 가슴 사이를 걸어갔으리

2

우연히 때가 되어
칠갑산 어느 시인의 고향집에 들렀다
천장호수에서 흘러 칠갑산에 오르면

도달할 수 있는 곳에 집은 자리를 잡았다

시인의 아버님께 인사드리고
시인의 젊을 적, 옛 이야기를 들으며
모기를 잡으며 칠갑산 밤별을 세며 하룻밤을 신
세졌다
이야기를 듣는 내내 시인이 일구었다는 화전불을
쬐었다

밤은 꽤 길었다
젊은 시절의 시인이었을까, 화전불을 놓았을지
불내가 나는 그림자 사람은 들창에 어른거리다
사라지고
누가 캐어갔는지도 모르는 흰진달래꽃이 달빛에
피었다 지기를 반복했다

몇 번의 뒤척임 끝,

새벽 6시 시계는 점점 또 다시 여섯 시
깨어나서 올려다볼수록 시간은 여섯 시
멈춘 시계 앞에서 매번 살아나는 순간!

어느 한 시인과 젊은 시인의 그림자가
함께 시가 되어
6시를 깨운다, 아침 6시,
비로소 밤새 어두웠던 꽃들이 밝아진다.

아버지의 문

좀도둑이 극성이라며,
서민 아파트 삭은 나무 문에 아버지는
보조 열쇠까지 달아놓으셨다

가져갈 것 없는 살림이지만
빼앗기고 빼앗기는 삶이지만
지키고 싶으셨을까

대문도 없던 시골집, 사방을 열어놓아도
마음 편히 옮기던 삶들을
그 작은 틈으로 끼워 맞추신 아버지

끝끝내 아버지는
보조 열쇠까지 모두 잠그시고
창문 단속까지 하셔야 집을 나서신다

나서시는 아버지 등 뒤

페인트 벗겨진 나무 문을 열어보면
색색이 떠오르는 모습들

논과 밭을 훑으며 등 굽으신 노인네들과
아리고 어린 세 아이들과 아내를 업고
뜨겁게 달아오른 눈빛의 한 청년.

한 골을 찾아서 외 5편

장윤서

　새소리에 잠시 홀려 나무 위를 두리번거리다가도 새소리는 곡식을 틔우지 않아 이내 허리 굽혀 밭을 일구고, 흘러오는 꽃냄새에 살짝 웃음 짓다가도 꽃냄새는 먹을 수 없어 그 꽃 애써 지우고 열매만 열리기를 기다리고

　칠갑산, 아흔 아홉 골
　몸 안에 고독한 시인보다는
　동물이 가득 차야만 살 수 있던 곳
　살이 긁히고 찢기면서까지
　살아야만 했기에 먹어야만 했던 삶이
　너무나 구차하고 초라하게 느껴지다가도
　잡목 숲에 불을 놓는 게
　점점 당연하게 여겨지던 어느 날
　몸서리쳐지게 맑게 울던 산새 소리에
　고통스럽게 당신 안의 동물들을 증오하신 적이 있었나요

당신이 그렇게 불을 던지고
아흔 아홉 골을 넘나들었던 건
새소리에서 감자 싹이 오르고
꽃냄새에도 등과 배가 따뜻할 수 있는
한 골을 찾으려는 것이었습니까

오늘도 누군가가 그 한 골을 찾지 못해
스스로 목숨을 끊었습니다
도시도 먹고 사는 문제로
아흔 아홉 골입니다
자기 마음에 당연한 듯 불을 지르며
동물들을 아무리 자기 안에 들여놓아도
허기가 지는 세상
찾아도 헤매도 보이지 않는 한 골,
세상은 예나 지금이나
달라진 게 없는 것 같습니다

막연히 칠갑산을 찾습니다
칠갑산 정상
칠갑산은 아흔 아홉 골이라 하지만
사실 다 세어보지는 않았습니다
서 있는 곳을 빼고서 셌는 지도 모르겠습니다
여전히 새소리는 아름답기만 하고
꽃냄새는 향긋하기만 하지만

한 골은 있겠지요
세상은 달라진 게 없으니까요

누구나 다 노무현이다

누구나 다 자신이
노무현이라 생각한다
누구나 다 자신은
소신과 원칙을 지키며 사는데
누군가가 자꾸만
벼랑으로 내몬다고 생각한다

노무현을 모르거나 싫어하는 이들도
누군가를 노무현처럼 만들려는 이들도
모두
노무현이다
누구에게나 다
벼랑이 있기 때문이다

누구나 다
노무현이지만
노무현이 돼서는 안 된다

인간이 만든 벼랑 끝에서
스스로 몸을 던져선 안 된다
돈과 권력에
밀려서는 안 된다
우리는
신의 벼랑에서만 떠나야 한다

버텨야 한다
버텨야만 한다

잡초

서러워마소
천하다고 비웃어도 흐느끼지 말란 말이여라
본시 당신의 태생은 말이시
벌 나비가 쑤셔분 대로 맨들어진 씨알이 아니고라
한 계절 단비에 몸 푼 대지가
묵은 햇살로 빚어 붙고
묵은 달빛으로 살찌우다가
열 달일랑 하루도 안 빼고 채우고서
하늘로 쏘아올린 대지의 별자링께
다른 잡것들하고는 그 격이 완전히 다르지라이
이보쇼, 내 말 좀 들어보랑께요
이쁘게 이름 붙여분 것은
꺾이고 잽혀서 일찍 죽어분께
오래 살라 억시게 살라, 그랑께
당신 에미애비가 잡초라고 붙인 거랑께요
보소
쇠말뚝 같은 뿌리에 힘 콱 주소

혼자서 절대로 울면 안 되여라

부디 오갈 데 없는 이슬과 풀벌레의 이불이 돼
주소

힘든 세상 모든 약한 것들의 한숨이 돼 달라 이
말이여라이

고것이 당신을 그늘진 틈새 어디고 올려 보낸 대
지의 마음잉께

뼛속까지 스미는 외로움도 삭이는 게 지당하지라

사패산 가재

바위 밑으로 어서 숨어
괜찮아
영원히 비굴해져도 괜찮아
돌의 질감 따라
모래 빛깔 따라
계절 마다 너를 바꿔 가도
욕하지 않아
사패산 장딴지가
휑하게 뚫렸더라도
정상은 아직도
솟구치는 흰빛
사패산은 주저앉지 않을 거야
차가운 모래 바닥
눈치 보며 엎드려 다녀도
여름의 아이들에게
인간의 웃음을
알려줘야 해

살아만 줘
바위 밑을 견디는 건
너희 밖에 없단 말이야
제대로 휘두르지 못하는
집게발에 겁먹을 게
제발
살아만 줘

14명의 포터, 15개의 짐 1

눈사태가 일어날 것만 같은
겨울, 무더운 오후
안나푸르나 사우스의 흰빛이 붉어질 때쯤
담담한 음성으로 연락이 왔다
EBC*로 올라가던
18명의 한국인들과 15명의 네팔 포터들
쉰 살이 다 된 포터 한 명이
해발 4200미터의 잠자리에서
갑자기 숨을 거두었다고 한다
우리 포터 톰은
아마도 추위를 이기기 위해
럭시**를 많이 마셨을 거라며
그런 포터들이 많다고 했다
(실제로 그는 고소로 죽었다고 한다)

이승에서 그의 육신은
불로 타올라 물로 흐를 것이고

정부에서 나오는 사천 달러 정도의 돈이 되어
가족들의 손에 쥐여질 것이다
남은 14명의 포터들에겐
김치 몇 봉지나 옷가지, 여행 서적으로 나뉘어져
슬픔이나 교훈의 짐이 되어
조심조심 산을 오르고 있을 것이다

트레킹이 끝난 후
그는 무엇으로?
톰이 죽는다면
그는 나에게 어떤 무게로?
내가 죽으면 나는 무엇으로?

* 에베레스트 베이스 캠프.
** Raksi. 여러 가지 곡물이나 과일 등이 원료로 사용되는 술로 우리나라
   의 청주(淸酒)와 비슷하다.

14명의 포터, 15개의 짐 2

날씨가 점점 더워지고 있어.
안나푸르나*에 예전보다 눈이 많이 없어,
에베레스트**도
내 고향, 다울라기리***도.
자, 서둘러, 가자고
톰이 짐을 들고 앞서 간다.

사라진 눈들은 무엇이 되었을까.
오래 전부터 짊어온 짐인지
어깨가 뻐근해져온다.

* 네팔 중북부 위치. 8091미터.
** 네팔과 티베트 국경에 위치. 8850미터.
*** 네팔 중북부 위치. 8167미터.

산허리를 돈다 외 4편

한국호

　장날 나전 사람 생림* 사람 태운 버스가 나박고개를 넘는다 모르는 할머니 무릎에 나를 앉혀 놓고 모르는 어른들과 인사하는 엄마 줄지어 나가는 덤프트럭 따라 버스가 뿌연 흙먼지 속에 떠 있는 민둥산 허리를 돈다 발 아래 고무대야 속 할머니 텃밭 밟을까 조마조마한데 어어어어 엄마가 사라지고 시끌벅적 산허리 돌 때마다 고향 사람과 어깨 부딪히는 생림 사람 생림 사람

　민둥산보다 높은 아파트를 끼고
　도는 길
　민둥산 사라졌어도
　산허리를 돈다
　산허리를 돌 때마다
　어어어어
　나전 사람인 듯 생림 사람인 듯

산허리보다 크게 돈다

* 나전, 생림은 경상남도 김해시 생림면에 소재한 마을이다.

여름밤 산길

거미줄이 자꾸 얼굴에 붙는다
섬진강 장구목 마을 뒤로 하고 올라선 길
말없이 걷다보니
길 옆 나무들이 사라지고
어느새 길이 보이지 않는다

슥 슥 나뭇가지 흔들리는 소리
걸음이 빨라진다
점점 커지는 심장 소리
숨기려 노래도 부르고
이야기도 한다
어딘가에 숨은 벌레들이 소근거린다
푸드득 새소리에 네 손도 두근거린다

산소리에
시작한 이야기들
보이지 않는 길만큼 길어진다

산길에 잦아든다

여름밤 산길
어둠에 깊어진다

할아버지 생각

비 내리는 추석 오후
할머니댁 푸세식 화장실은 가족들의 똥이 가득
똥냄새가 가득
엉덩이를 들이대면 똥들이 닿을 것 같은데

할아버지가 온다
오물통을 지게에 지고 온다
바깥마당에 베어놓은 잡초 위로 오물을 붓는다
동생과 함께 바깥마당으로 가는 길목에 앉아
니 똥냄새니 내 똥냄새니 다투는 동안
할아버지 뒷모습만 자꾸 보이고
굽은 할아버지 허리 위로 똥글똥글 오물냄새가
말려 올라간다

비 내리는 추석 오후
할머니 댁 푸세식 화장실은
치울 이 없는 가족들의 똥이 가득 똥냄새가 가득

엉덩이를 들이대도 똥이 닿지 않아도
할아버지 생각

광화문 사거리

소화기 안개 피어오르는
비 내리는 여름 밤
물대포 헤드라이트 켜지면
색색깔 우비 입은 사람들
(누가 선동하지 않아도)
어느새 등장해 있다

소화기 안개 속 매운 눈 감고 전경 버스를 흔들
고, 흔들리는 버스 안 매운 눈 감고 소화기 흔들어
뿌린다 다시 쏟아지는 물대포 버스창 깨지는 소리
의료진 부르는 소리 시발새끼 소리 온몸에 달라붙
는데
둥! 쿵! 쿵! 쿵!
태평로 한 골목에서 전경들이 쏟아져 나온다
방패 두드리는 소리 곤봉 휘두르는 모습으로 밀
어 붙이는데
저새끼들 얼마 안 돼!

소리에 전경들 쇠파이프 속에 갇힌다
내일자 신문 1면을 장식할 사진 한 장
찰칵 찍히기도 전에
때리지 마 한 사람 달려가고
그 모습에 놀라 또 한 사람 달려간다
무장해제 당한 채 두려움 몰아쉬는 전경들
서로를 말리다 서로를 둘러싼 사람들
거친 숨소리
거친 숨소리
다시 전경들이 밀려온다

심장박동보다 빠르게 뛴다
아무리 뛰어도
평화로부터
폭력으로부터
벗어날 수 없는
광화문 사거리

작은 광장

　돌아갈 광장이 없어 자진 해산한 후 종로 거리를
서성이며
　남겨둔 촛불들이 부슬비를 맞으며
　타 닥 타 닥 빛을 낸다

　거기, 막차를 타고 돌아가는 사람의 등을 토닥이며
　해산하지 않은 마음들이
　밤새 모여 있다

시레토코 산행 1 외 8편

오하나

시레토코반도* 능선 타고 간다
봉우리 봉우리 넘어 끝을 향해 갈수록
산길 희미해지고
조릿대 키를 넘는다
수풀 온몸에 스치며 걷는 사이
능선길 함께 가는 꽃보다 작아진다
바람에 단단히 흔들리는 꽃 옆을 휘청휘청
구르고 미끄러져 내린다
나는 돌멩이보다 작다
날벌레보다 작다
가쁜 숨 고르며 멈춰 선 동안에도
사방은 쉬지 않고 움직인다
나무 곰 바위 돌멩이 새 풀 꽃 날벌레 사이로
점점 작아진다
종주도 정상도 사라진
깜깜한 밤,
무수히 빛나는 별만 있고

아무것도 없다
휙휙 떨어지는 별똥만 있고
아무것도 없다

시레토코 산행 2

봉우리에서 봉우리로
능선 따라 걷는 길
언제 곰이 나타날지 모른다고
호루라기 불며 걷는데
곰을 만난 적 없는 나는 삐— 삐—
곰 나오라고 호루라기를 분다
수풀 거칠어지고 인적 희미해지는 산길
앞서 가던 사람이 걸음을 멈춘다
사방이 숨죽이고 능선을 응시한다
번뜩 스치는 검은 그림자
바위인가, 아무것도 아닌가,
무성한 수풀 금방이라도 달려들 듯
능선이 살아 움직인다
스치는 풀도 무서워지는 산길
숨 끝까지 호루라기를 불며 걷는다

비석을 돈다

테네산* 등산로 입구
길가에 세워진 비석 하나
일행은 먼저 가고
비석 앞에 선다

'한국 수난자의 위령비'

비석을 한 바퀴 돈다
탄광은 수풀에 덮이고
길은 등산로가 되고
그때를 기억하는 건 비석 하나

한 무리의 등산객들이
차에서 내려 산으로 가고
소란이 사라진 길가에 남겨진 비석
끝내 돌아가지 못한 사람들

비석을 돈다
당신에게 여기는
고향을 떠나왔을 때처럼
여전히 먼먼 땅 추운 땅
검은 비석을 돈다

* 북해도 삿뽀로에 있는 높이 1023미터의 산으로 등산로 입구에 '한국 수
  난자의 위령비'가 세워져 있다.

북해도에서 3

같은 사람을 기다리며
아이누 악기를 어깨에 멘 청년과 나란히 앉는다
한국에서 왔다고 하자 그는
할아버지를 찾으러 한국에 다녀온 이야기를 한다
그 이야기 속엔
도망친 조선인을 도와준 아이누* 사람들
우리 할아버지와 할머니도 그렇게 만났어요,

기다리는 사람은 늦어지고
밖에는 눈이 계속 내린다
오늘처럼 눈 쏟아지던 날
쓰러져가는 그가 그녀네 집 문을 두드렸나,
살 곳을 잃은 이들 서로의 살 곳이 되어주며
긴긴 추위를 견뎌내었나,
그래서 할아버지를 찾았냐는 말에
청년은 고개를 흔든다

우주가 둘을 중심으로 돌던
그날 밤
그녀와 그가 만든 불씨
눈에 묻히고 묻혀도
사라지지 않고
청년의 몸속을 흐른다

* 북해도의 선주민이며 근대 일본의 지배를 시작으로 억압과 차별을 받아
  왔다.

의상능선을 오르며

소리도 없이 올라와
옆에 앉아도 말 걸지 않고
먼 곳만 바라보는 사람

평일 오전 의상능선
사람 드문 길에서 나란히 걸어도
뒤돌아보지 않던 그가
바위에서 발 받쳐 주려고 기다린다
미끄러운 바위를 그의 발 밟고 내려선다
눈인사 끝에 건네려는 말을 받지 않고
그는 다시 앞서 간다

그가 간 길 따라 걸으며
내 얘기를 하고 그의 얘기를 묻는다
아침 출근 버스에서 내려
여름내 산으로만 돌아도
넘지 못하는 봉우리,

의상봉 지나
능선 따라 걷고 있을 그는
의상봉도 비봉도 아닌
무슨 봉우리로 가고 있는가

나무도 풀도 그냥 스쳐간다
잡을 곳 없는 바위길
떨어질 듯 아찔해야 손에 잡히는 걸까
미끄러지고 붙잡고 다시 미끄러진다
손발에 닿는 대로 꽉 잡으며
바위길을 올라간다

으름

익으면 속이 달다는데
한 번도 본 적이 없다
늦가을 비 온 뒤에
으름 따러 들어간 냉천골
같이 간 사람은 여기서 누가 화전 일구고 살았다는
이야기를 하며 수풀을 헤친다
벌어졌던 수풀이 금세 닫히고
온몸에 넝쿨이 엉킨다
사람 발길 끊긴 곳엔
누구의 모습을 하고
누구의 소리를 내는
컴컴한 바위,
서늘한 계곡,
냉천골 안으로 들어갈수록
넝쿨만 남은 으름은
깊은 이야기가 된다

정릉골

어디 가시나,
물 떠 가신다는 할머니를 따라
물가방 들고 산길로 간다
할머니는 몇 걸음 못 가시고
쉬었다 가자며 담배를 주신다
담배가 다 탈 동안
누구도 대신 들어줄 수 없는
당신 짐 이야기를 해 주신다
할머니 긴 담배가 금세 타들어간다
그만 가야지 아가,
얼마 안 돼 보이는 비탈을
먼 길 가듯 오르시는 할머니
물가방 핑계 대고 정릉골까지 따라간다
기다렸다는 듯 흰둥이가 쫓아온다
할머니 뒤로
흰둥이랑 내가 따라간다
주시는 담배 어렵게 피우며

그 옆에 앉아 있고 싶다
오래된 빛이
느릿느릿 골목을 간다

편지

비가 오기 시작하더니 맞바람이 친다
일하는 데까지는 반도 못 왔는데
할 수 없이 자전거에서 내려 걷는다
품에는 아직 열어보지 못한 편지
밀리다 걷다 다시 달렸을 네 생각
자전거에 올라 페달을 밟고 일어선다
몰아쳐 오는 바람 사이
가보자고 속삭이는 소리
너와 함께 힘껏 페달을 밟는다

화분

친구가 주고 간 화분
힘없이 서 있는 줄기 하나
햇빛 잘 드는 곳에 두고 며칠 물을 주었더니
잎이 살아나고 초록이 짙어졌다
신기해서 흙 마르길 기다렸다 물 주고
나갔다 돌아오면 잘 있었나 보는 사이
꽃이 폈다 하얀 꽃이 펴서
코 가까이 대면 고추 냄새가 난다
꽃 핀 걸 처음 보는 듯 들여다 본다
화분 앞에 한참 앉아있던 아빠
싹 트고 꽃이 피면
꽃 속에서 무엇을 보았을까,
작은 꽃 보고 또 본다
내 꽃을 보여주고 싶다

구북리 외 3편

소록도 1

김연광

날이 어두워지고
구북리* 길이다
집들은 모두 비었는데
개 짖는 소리 들린다
빈집들 허물지 않아도
옮겨가는 구북리
판자에 묶인 개는
다가가도 짖고
멀어져도 짖는다
길은 산길로 이어지는데
입산금지. 들어가요,

들어가요, 사람들 오래 살다나간 산길은 어두워
재촉하는 발걸음에도 단정하다. 낮에 본 집들에 난
창 들여다보지 못했는데 숲 사이로 나무 사이로 바
다가 보인다. 긴 집 창마다 사람이 사는 집들, 몇 호
에서 몇 호를 지나도 복도를 빠져 나오지 못하고 창

밖으로 바다를 끼고 걷는다.
　복도 지나 중앙리로 신생리로
　사람들 간 길 따라 걷는다

사락골 할머니

소록도 2

섬을 묻는데 할머니 성을 낸다
여기 온 후로 병원에만 있어서 모른다고
빤한 질문이 할머니 할머니 건너 왔는데
섬을 모른다는 할머니
고향을 묻는다

충남 청양군 운곡면 사락골
고향이 길다 청양에서 운곡에서
사락골로 길고 깊은 할머니 동네

섬이 병원인 할머니와
병원이 섬인 내가 마주 앉아
충청도 말씨로 섞이고
고향쟁이 왔는가, 이가 보이게 웃는 할머니

누가 고향을 물으면
어디까지 말해주어야 하는지

할머니 고향 길고 깊은
청양에서 운곡에서
사락골까지

하모니카 소리

소록도 3

급하게 부르는 소리에 뛰어가 보니 할아버지 침
대에서 내려오려 하신다 선글라스 낀 눈이 정말 보
이지 않는데 마음이 급한 할아버지
　　고무신 고치러 가야한다고
　　고무신 고치러 가야한다고

　　잠잠해진 할아버지 면도해 드리려
　　서랍을 여는데 하모니카가 있다
　　흰 수염 밀어드리고
　　하모니카 불어주세요,

하모니카 소리 옛날이야기처럼 병실을 돌아다닌
다 할아버지 빙 둘러 서 있는 아이들과 나는 이야길
더 들려달라고 조르고 할아버지 가쁜 숨이 끊길까
봐 애가 타는데
　　들숨에도 날숨에도 들리는 하모니카 소리
　　하모니카 소리

이 능선 따라

팔영산

　깃대봉에 앉아 넘어 온 여덟 봉우리를 본다. 갈 길 여기가 끝인 것처럼 눈앞에 바다가 있고 섬들이 뚝 뚝 끊어져 있다.

　나 꿈 꿔도 되나
　능선 따라 갈 길만 있는 길
　되돌아가기 싫은 사람 지루하지 않게
　나와 걷는 길 벗어나지 않게 갈 길만 있는 길

　능선 따라 능선 잇게
　능선 따라 잇따라 가게

빗방울화석 시집 여덟 번째
천장호수

초판 1쇄 인쇄 2010년 5월 11일
초판 1쇄 발행 2010년 5월 15일

지은이 빗방울화석(윤석영 외)
펴낸이 조재형

펴낸곳 도서출판 빗방울화석
주소 경기도 파주시 교하읍 문발리 파주출판도시 535-7
전화 031-955-4417   팩스 031-955-4418
전자우편 raindrop_1@naver.com
블로그 http://blog.naver.com/raindrop_1

등록 2004년 12월 13일(제300-2006-188호)

ⓒ 빗방울화석, 2010
ISBN 978-89-960-0354-0 03810